寒《かん》の辻

北町奉行所捕物控⑥

長谷川 卓

祥伝社文庫

目次

第一章　竹河岸界隈《たけがしかいわい》　9
第二章　明屋敷《あけやしき》　73
第三章　三本杉　142
第四章　柳原土手《やなぎわらどて》　208
第五章　豆松《まめまつ》　275

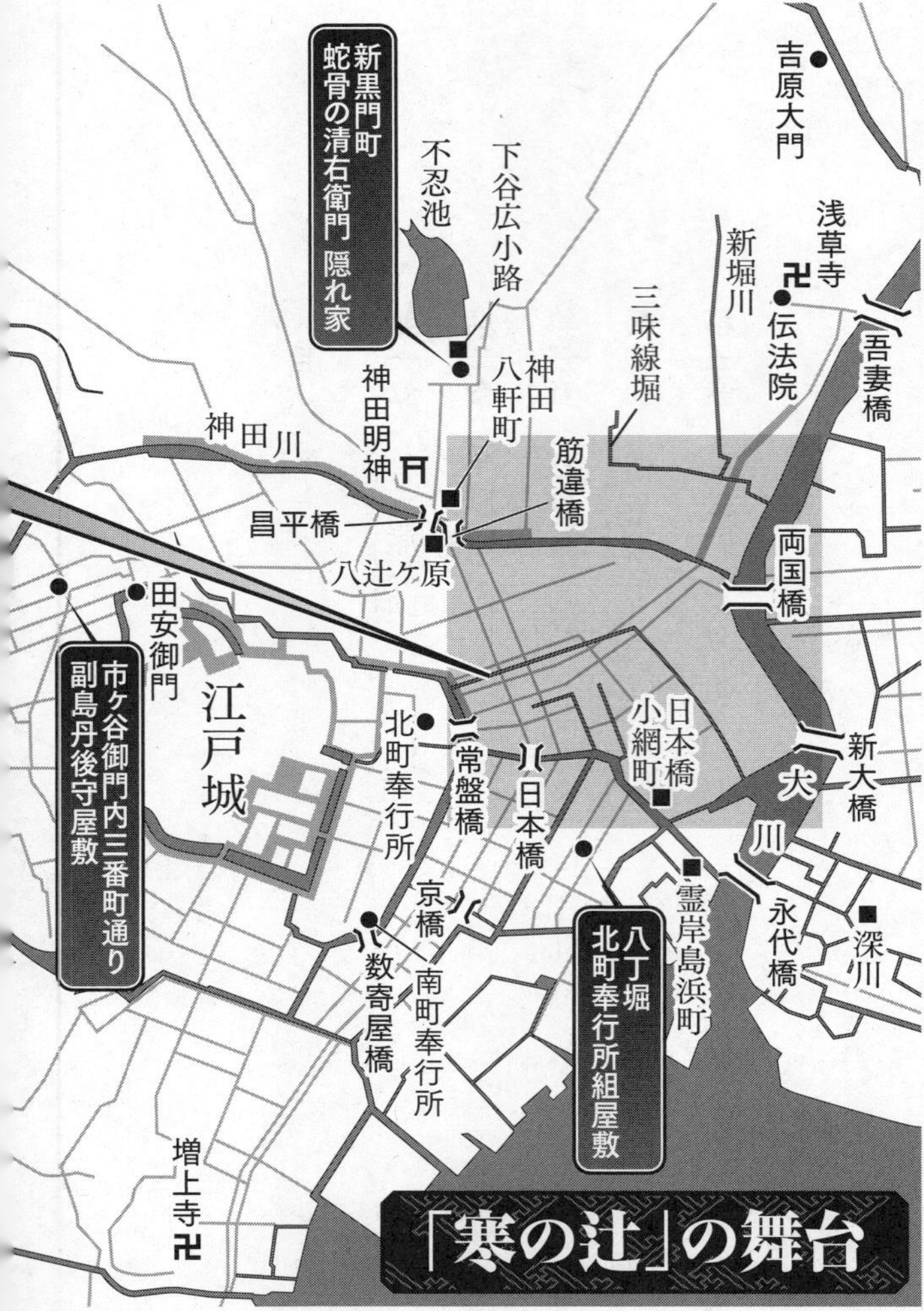

「寒の辻」の舞台
吉原大門
浅草寺
新堀川
伝法院
吾妻橋
三味線堀
新黒門町
蛇骨の清右衛門 隠れ家
不忍池
下谷広小路
神田八軒町
神田明神
神田川
筋違橋
昌平橋
八辻ケ原
両国橋
田安御門
市ケ谷御門内三番町通り
副島丹後守屋敷
江戸城
北町奉行所
常盤橋
日本橋
日本橋小網町
新大橋
大川
霊岸島浜町
永代橋
深川
京橋
数寄屋橋
南町奉行所
八丁堀
北町奉行所組屋敷
増上寺

日本橋・八丁堀界隈
神田佐久間町
一刀流篠原道場
柳森稲荷
和泉橋
新シ橋
亀井町
《喜平長屋》
柳原通り
馬喰町
両国橋
両国
広小路
松下町二丁目
明屋敷
橋本町
口入屋
《相州屋》
市ヶ谷御門
神田堀
竜閑橋
高砂町
《極楽長屋》
日本橋
江戸橋
浜町堀
元大坂町
《筍長屋》
新大橋
四ツ谷御門外
腰物方 妹尾周次郎方
行徳河岸
北
西
東
南

【主要登場人物紹介】

北町《きたまち》奉行所《ぶぎようしょ》臨時《りんじ》廻《まわ》り同心《どうしん》
鷲津軍兵衛《わしづぐんべえ》
妻女　栄《えい》
息《そく》　周一郎《しゆういちろう》（幼名・竹之介《たけのすけ》）
養女　鷹《たか》
岡《おか》っ引《ぴき》　小網町《こあみちよう》の千吉《せんきち》
下《した》っ引《ぴき》　新六《しんろく》、佐平《さへい》
中間《ちゆうげん》　春助《はるすけ》

北町奉行所臨時廻り同心
加曾利孫四郎《かそりまごしろう》
岡っ引　霊岸島浜町《れいがんじまはまちよう》の留松《とめまつ》
下っ引　福次郎《ふくじろう》

北町奉行所定廻《じようまわ》り筆頭《ひつとう》同心
岩田巌右衛門《いわたがんえもん》

北町奉行所定廻り同心
小宮山仙十郎《こみやませんじゆうろう》
岡っ引　神田八軒町《かんだはちけんちよう》の銀次《ぎんじ》
下っ引　義吉《よしきち》、忠太《ちゆうた》

北町奉行所例繰方《れいくりかた》同心
宮脇信左衛門《みやわきしんざえもん》

北町奉行所年番方与力《ねんばんかたよりき》
島村恭介《しまむらきようすけ》

北町奉行所内与力《うちよりき》
三枝幹之進《さいぐさみきのしん》

腰物方《こしものかた》
　妹尾周次郎景政《せのおしゅうじろうかげまさ》
　　中間　源三《げんぞう》
御試御用《おためしごよう》
　山田浅右衛門《やまだあさえもん》
明屋敷番組頭《あけやしきばんくみがしら》
　柘植石刀《つげいわと》
普請奉行副島丹後守《ふしんぶぎょうそえじまたんごのかみ》
　次男　副島彰二郎《しょうじろう》
　供侍　坂井田平八郎《ともざむらいさかいだへいはちろう》
一刀流篠原道場《いっとうりゅうしのはら》
　道場主　篠原九一郎《くいちろう》
　弟子　酒巻数之助《さかまきかずのすけ》
　　柴山五郎兵衛《しばやまごろべえ》

浪人
　津田仁三郎《つださぶろう》
　杉山小一郎《すぎやまこいちろう》
古傘買い　麻吉《ふるがさかあさきち》
浅蜊・佃煮売り　豆松こと松吉《あさりつくだにまめまつまつきち》
香具師の元締《やしもとじめ》
　蛇骨の清右衛門《じゃこつせいえもん》
　配下　得治《とくじ》
盗賊
　闇鴉《やみがらす》
黒鍬者・故押切玄七郎の娘《くろくわものおしきりげんしちろう》
　蕗《ふき》

第一章　竹河岸界隈《たけがしかいわい》

一

安永《あんえい》六年（一七七七）一月十八日。初観音《はつかんのん》の日である。毎月十八日は観世音菩《かんぜおんぼ》薩《さつ》の縁日で、特にその年の最初の十八日を初観音と言った。

初観音の頃ともなると、軒下《のき》に降り積もったまま凍りついていた雪が解《と》け始め、季節の移ろいを目《ま》の当たりにするようになるものだが、この年は寒気が居座り続けていた。

北町奉行所臨時廻り同心《きたまちぶぎょうしょりんじまわりどうしん》・鷲津軍兵衛《わしづぐんべえ》は、ぶるっ、と身体《からだ》を震わせ、首を竦《すく》めながら京橋《きょうばし》を北へと渡った。中間《ちゆうげん》・春助《はるすけ》と手先の下《した》っ引《ぴき》・新六《しんろく》を伴い、大店《おおだな》の建ち並ぶ町の自身番《じしんばん》と木戸番に怠《おこた》りなく夜回りをするよう、伝えて回っているところだった。それと言うのも、大店の手文庫ばかりを狙《ねら》う盗賊が、昨年の秋口から正月に掛けて、三度も悪事を働いていたからであった。

賊は、容易に正体を現わさぬ手練《てだれ》、と言われていたが、一度だけ忍び込んだお店《たな》の者に姿を見られていた。

闇から滲《にじ》み出て来たかのような黒ずくめの姿であったところから、読売が《闇《やみ》鴉《がらす》》と書き立て、以来盗賊はその名で呼ばれるようになっていた。

闇鴉の町屋での評判はよかった。血を一滴も流さず、お店を傾ける程の大金を狙《ねら》うでもなく、朝になって、あっ、と気付いた時には手文庫の中身が消えているという水際《みずぎわ》だった仕事振りに、町屋の者たちは喝采《かっさい》を送ったのだった。

しかし、それがために寒空の下を歩き回る羽目に陥《おちい》ってしまった者がいた。軍兵衛ら町方の者たちである。

ひとつ大きなくしゃみが出た。くしゃみは音だけを残して欄干《らんかん》から川へ落ちた。

京橋北詰の右は竹河岸《たけがし》、左は大根河岸《だいこんがし》である。竹河岸には俵物、大根河岸はその名の通り、大根などの青物が荷揚げされる。

鼻を啜《すす》り上げながら視線を落とすと、荷揚げ人足どもの姿が目に入った。大根河岸の方はあらかた荷揚げが終わっていたが、竹河岸の方は瀬取舟《せどりぶね》の着くのが遅れたのか、ちょうど荷揚げの真っ最中だった。半裸になった荷揚げ人足どもの身体から、湯気が立ち昇っている。

人足の中にひとり、頬被《ほおかぶ》りをしている男がいた。頬被りの下は侍髷《さむらいまげ》のようだった。着物の裾《すそ》を尻《しり》っ端折《ぱしょ》り、いかにもにわか人足の体《てい》である。

とは言え、一俵四斗十六貫（約六十キログラム）もある米俵を軽々と担《かつ》ぎ、岸から瀬取舟に渡した歩板《あゆみ》の上を足取りも軽く渡る姿は、昨日今日働き始めたものとも見えなかった。浪人暮らしの長さが窺《うかが》えた。

軍兵衛は、浪人の腰の据わりと鍛《きた》え上げられた下肢《かし》に目を留めた。時と所を得れば、武士としてそれなりの仕事が出来るであろうことは、想像に難《かた》くなかった。だが、時と所を得るには、多分に運が必要だった。どうしても、それが手に入らないからこそ、浪人しているのだ、とも言えた。

「行くぜ」

新六と春助に言い、炭町《すみちょう》の自身番へ向かうことにした。

その時突然、声が起こった。蔑《さげす》むような嘲笑《ちょうしょう》を含んだ嗤《わら》い声である。声は、軍兵衛の耳に真っ直《す》ぐに届いて来た。嗤い声の後に、棘《とげ》のある言葉が続いた。

「見よ。情けないとは思わぬか。あのような身形《なり》で立ち働いて、銭を稼《かせ》ごうというのだ。まっこと、武士の恥よな」

軍兵衛は足を止め、声の主を見た。

まだ若い。身形のよさから言って、大身旗本《たいしんはたもと》の子弟か、大名家に仕《つか》える高禄《こうろく》の者のようだった。供侍《ともざむらい》と草履《ぞうり》取りの中間ふたりを連れていた。若侍は、荷揚げする浪人を大仰《おおぎょう》に指差して嗤っている。

風が橋桁《はしげた》を鳴らし、河岸の上を吹き過ぎて行った。若侍の羽織《はおり》の袖《そで》が、風に煽《あお》られ、大きく翻《ひるがえ》っている。武士たる者、無駄に袖を風に遊ばさぬよう、重し代わりに小石を落とし入れておくものである。若侍の心得《こころえ》の無さが目に余った。

新六が、助けを求めるように軍兵衛を見た。

軍兵衛とて、見て見ぬ振りをしたくはなかったが、町方相手の奉行所同心が、浪人を嘲《あざ》笑ったからと言って、支配違いの武家を咎《とが》め立てすることは出来かねた。これ以上、何の悶着《もんちゃく》も起きなければよいのだが。心の片隅で祈った。だが、軍兵衛の願いは、空《むな》しく潰《つい》えた。

「何か、可笑《おか》しいですかな?」浪人の声が低く響いた。

「みっともないと申しておるのだ。悪いか?」若侍は傲然《ごうぜん》と言い放った。

「生計《たずき》を得るために働くことの、どこが恥と言われるのか」

浪人は、若侍との間合を詰めつつあった。威圧《いあつ》するように身体を押し出していく様は、巌《いわお》の風格があった。

若侍は相手の迫力に呑《の》まれ、苦し紛《まぎ》れにいきなり抜刀した。若侍の背後で、供侍が口早に主《あるじ》に言葉を掛けている。浪人者など打ち捨て遊ばしませ。中間が、怯《おび》えた表情で少し離れた。

「旦那《だんな》ァ」新六が、か細い声を上げ、軍兵衛に泣き付いてきた。どうにかしてやってくれ、と言いたいのだろう。

「仕方ねぇな」

軍兵衛が止めに入ろうと踵《きびす》を返した時、日本橋《にほんばし》の方から歩み寄って来た男が、浪人に声を掛けた。

「お味方しやすぜ」

男は天秤《てんびん》の両端にぶら下げた四ツ手《よつで》に古傘を積み上げている。生業《なりわい》が古傘買いであることは一目《ひとめ》で知れた。

古傘買いは、回り職のひとつで、破れ傘《や》や骨の折れた傘を一本四文から八文程で買い集め、骨は傘屋へ、油紙は味噌《みそ》屋や魚屋などに卸《おろ》して利鞘《りざや》を稼ぐ小商いである。

若侍は、古傘買いを横目で睨《にら》むと、供侍に浪人の後ろへ回れ、と命じた。供侍は、うろたえながらも、浪人の退路を断《た》った。若侍が刀を構えた。

「旦那、ほれ。投げますぜ」

古傘買いが天秤棒を素早く四ツ手から外し、若侍を掠《かす》めるように投げ付けた。若侍は、背後に飛び退《す》さって、天秤棒を避《よ》けた。天秤棒はそのまま飛び、浪人の手の中に収まった。

浪人は天秤棒をゆったりと正眼《せいがん》に構えた。

「おのれ」

焦って斬《き》り掛かった若侍の手首を、浪人の天秤棒がしたたかに打ち据えた。刀が地に落ち、若侍は手首を押さえてうずくまった。

「彰二郎《しょうじろう》様」

供侍が浪人に向かって刀を抜いた。その足許《あしもと》を掬《すく》い取るようにして、古傘買いが滑り込んだ。供侍はふわりと宙に浮いた後、腰から地べたに叩《たた》き付けられた。

「覚えておれ。このままでは済まさぬぞ」

若侍は落とした刀を拾《ひろ》い上げるや、供侍と中間を置き去りにして、遁走《とんそう》した。

「起こしてやれ」

浪人が、供侍に目を遣《や》りながら、中間に声を掛けた。中間の助けを借りて起き上がった供侍は、中間ともども面《おもて》を伏せるようにして走り出した。

軍兵衛は、新六を従え、浪人に歩み寄った。

「大した腕ですな」

「八丁堀《はっちょうぼり》の旦那、いらしたんなら、とっとと出て来てやっておくんなさいよ」

古傘買いの男が、股引《ももひき》の汚れを払いながら言った。

「ご浪人さんが怪我《けが》でもなさったら、お気の毒じゃねえですかい」

「おい」新六が古傘買いに、口が過ぎるぞ、と言った。

「構わねえよ」軍兵衛は、新六を制すると、浪人に言った。

「そんな柔《やわ》な腕じゃねえことは、身のこなしを見ていれば分かる。どう立ち合っても、あの若いのに勝ち目はなかった。それは、あんたも分かっていたことだ。だからこそ、もうちいっと我慢するのか、と思っていたぜ」

「駄目《だめ》でした」浪人は項《うなじ》に手を当てた。「我慢すべきか、と思いましたが、気付いた時には、何が可笑しい、と凄《すご》んでおりました。これからは気を付けましょう」

「頼むぜ。ああいうのは、ともかく相手にしねえことだ」

「どこの御家中なんでしょうね」古傘買いが訊《き》いた。

若侍の紋所《もんどころ》は丸に十五枚笹《じゅうごまいささ》であった。武鑑《ぶかん》を調べれば、どこの何家の紋所かはすぐに分かることだったが、そこまでする必要があるとは思えなかった。軍兵衛は古傘買いに言葉を掛けた。

「見事だったぜ。相当喧嘩《けんか》馴《な》れしてるんじゃねえか」

「いえ、とんでもねえこって。ただもう、夢中で」

「夢中で出来ることじゃねえよ。古傘買いにしておくのは、勿体《もったい》ねえくらいだ」

「そんな、褒《ほ》め過ぎでございますよ」

念のために、と軍兵衛はふたりの名と住まいを聞いておくことにした。

「津田仁三郎《つだにさぶろう》。亀井町《かめいちょう》の《喜平長屋《きへい》》におります」

「麻吉《あさきち》と申します。住まいするところは、浜町堀《はまちょうぼり》は高砂橋《たかさごばし》西詰、高砂町の《極楽《ごくらく》長屋》でございます」


一月二十日。九ツ半（午前一時）。

日本橋本銀町《ほんしろがねちょう》二丁目にある薬種問屋《松前屋《まつまえや》》の庭を、黒い影が音もなく走り抜けた。

黒手拭《てぬぐい》を被り、黒の着物と股引に身を包んだ黒装束《しょうぞく》の男は、大店を狙う盗賊・闇鴉であった。

闇鴉は、雨戸の隙間《すきま》に匕首《あいくち》を差し込むと、ほんの僅《わず》か左右に捻《ひね》り、隙間を広げてから床下に潜《もぐ》り込んだ。腰を屈《かが》め、屋敷の間取りに合わせて進み、納戸の真下で足を止めた。手探りで床板の枚数を数え、ぐいと押し上げると、床板が持ち上がった。

この日のために、二日前に調べておいたのだ。闇鴉は、必ず前以《まえもっ》て調べてから入ることにしていた。無論《むろん》、逃げ道も用意していた。万が一気付かれ、追われても、逃げ果《おお》せるだけの備えが出来ていなければ、仕事には入らなかった。

だから、俺は捕まらねえのよ。

闇鴉は、被り物の下で僅かに歯を覗《のぞ》かせると、床板をめくり、納戸に立った。

主夫婦の眠る座敷は分かっていた。違い棚の手文庫には、蔵には仕舞わない手持ちの金子《きんす》が収められてあるはずだった。いちいち蔵を開けるのは手間なので、手文庫を使う大店が多かった。これまで忍び込んだお店の大半がそうだった。

金子がいかほどあるのか、そこまでは分からなかったが、相手は《松前屋》である。闇鴉は切餅《きりもち》ふたつ、五十両と考えていた。

《松前屋》は、一昨年の暮れから売り出した、米粉と葛粉《くずこ》、それに卵と粉に碾《ひ》いた木の実に砂糖を加えて干菓子《ひがし》のようにした［淡島《あわしま》］が評判の老舗《しにせ》である。［淡島］は、赤子や病人、産後の女などの滋養《じよう》の薬で、湯に溶いて飲んでよし、菓子代わりにつまんでもよし、というので人気を博していた。干菓子風のため買い置きが利《き》くという利点もあった。

闇鴉は、汚れた草鞋《わらじ》を脱ぐと、足袋跣足《たびはだし》になって、暗闇の中をゆっくりと奥へ進んだ。庭に面した廊下に出た。匕首で広げた分だけ、雨戸の隙間から更待月《ふけまちづき》の光が差し込み、闇を斜めに切り裂いていた。

奥の座敷に行き着いた。闇鴉は懐《ふところ》から竹筒を取り出し、栓を抜き、菜種《なたね》油を障子の敷居に流し込んだ。息を殺し、油が敷居の端まで行き渡るのを待ち、障子に手を掛けた。

その時、障子の向こう側でひとの気配がした。畳を踏む足音が近付いて来る。

闇鴉は、身体をずらし、身を硬くした。

「寒っ」

独り言を言いながら、《松前屋》の主・嘉平《かへい》が廊下に出て来た。雪隠《せっちん》へと向かうのだろう。と、その足が突然止まった。振り返り、凝《じ》っと闇鴉が潜んでいる闇を見据えているらしい。

闇鴉は俯《うつむ》いたまま、ひたすら闇に溶け込もうとした。こうして難を逃れたことが、何年か前にあった。まだ、江戸御府内ではなく、東海道《とうかいどう》筋で盗みを始めたばかりの頃だった。冗談じゃねえ。俺は腕を上げたんだ。気付かれてたまるかよ。

嘉平の足が動いた。雪隠《せっちん》の方に身体を向けている。闇鴉が、ほっと息を吐《つ》いたのを見計らったかのように、

「誰か、来ておくれ」

嘉平が叫びながら、廊下を走り出した。

（しまった……！）

闇鴉は雨戸を蹴破《けやぶ》り、庭に下りると、塀際の松の枝に飛び付いた。身体を振り子のように振って、塀を越えた。

長屋の路地に出た。溝板《どぶいた》を踏まぬように走り、閂《かんぬき》に足を掛けた。身体が宙に舞い、木戸が目の下を流れた。

後は一目散《いちもくさん》に逃げるだけだったが、この日は更《さら》に勝手が違った。

目と鼻の先に、番太郎《ばんたろう》がいたのだ。番太郎は、降って湧《わ》いた黒ずくめの男を見

て、背を向けて駆け出しながら叫んだ。

「泥棒、泥棒、泥棒でございます」

声は風に乗り、十軒店《じっけんだな》辺《あた》りまで切れ切れに届いた。にわかに耳をそばだてたのは、岡《おか》っ引《ぴき》・神田《かんだ》八軒町《はちけんちょう》の銀次《ぎんじ》だった。

「旦那」

「聞こえた」

小宮山仙十郎《こみやませんじゅうろう》が答えた。仙十郎は、闇鴉捕縛のために、銀次とその手下どもを引き連れて、日本橋から本石町《ほんごくちょう》一帯の夜回りをしているところだった。

走った。通りを抜け、声の主を探して走り続けた。

「どこだ？」

先頭を走る義吉《よしきち》と忠太《ちゅうた》に声を投げた。

「へい……」

義吉が足を止め、辺りを見回した。本石町二丁目の番太郎が町木戸から外の様子を窺っている。

「声はどっちから聞こえた？」

「お隣の本銀町二丁目でございます」

「ありがとよ」

義吉が振り向いた時には、仙十郎と銀次らは駆け出していた。

その頃――。

間近で起こった叫び声に、本銀町二丁目の自身番に詰めていた大家《おおや》と店番《たなばん》が、六尺棒を手に飛び出した。

ふたりの目に黒い人影が映った。人影は町木戸目指してまっしぐらに走って来る。六尺棒を構えた。

人影は、六尺棒を難なく掻《か》い潜《くぐ》ると、そのまま町木戸に駆け寄った。ふわりと身体が浮き、閂に足を掛け町木戸を跳び越えた。

「旦那」銀次が、十間（約十八メートル）先の町木戸の上から降って来た黒い影を見て叫んだ。「いやした」

義吉と忠太が遅れじ、とばかりに駆けている。

提灯《ちょうちん》を翳《かざ》し、町木戸の前に出て来た大家と店番が、仙十郎を見て、

「風体《ふうてい》から見て、今噂《うわさ》の闇鴉と存じます」大声を上げた。

「よし」

銀次が走りながら呼子《よぶこ》を吹いた。

闇鴉は神田堀の方へと走っている。

神田堀は、明暦《めいれき》の大火の後、防火のためにと掘られたもので、堀沿いに築かれた八丁の土手には、飛び火除《よ》けの松の木が植えられていた。

闇鴉が土手を這《は》い登っている。

仙十郎が義吉と忠太に、左右に回れ、と言った。

「挟《はさ》み込むぞ」

仙十郎は銀次とともに、闇鴉が登った土手に駆け上がった。

土手の半《なか》ばを越えた、と思った瞬間、何かが咽喉《のど》に食い込んだ。紐《ひも》だ。仙十郎と銀次の足が宙に浮き、あっ、と思った時には、背中から地面に叩き付けられた。

紐は、土手に並ぶ松の木に張り巡らされていたらしい。義吉と忠太の悲鳴も聞こえて来た。

「畜生《ちくしょう》」銀次が咽喉を押さえながら叫んだ。

「諦《あきら》めるな。まだ遠くには行っちゃいねえ」仙十郎は跳《は》ね起きると、脇差《わきざし》を閃《ひらめ》かせ、紐を切った。

その時、闇鴉は既に土手を駆け下り、ひたすら駆けに駆けていた。

とんだどじを踏んだものだぜ。暗がりに飛び込み、黒手拭を引き毟《むし》った。古傘買いの麻吉の顔が現われた。

二

一月二十日。八ツ半（午後三時）過ぎ。

年番方与力《ねんばんかたよりき》の島村恭介《しまむらきようすけ》は、見回りを終えて奉行所に戻って来た軍兵衛ら臨時廻り同心六名を年番方与力の詰所に呼び、今夜から夜間の見回りをするように、と命じた。

「既に風烈《ふうれつ》廻りと定《じよう》廻りは夜の見回りを行なっていたが、昨夜……」

と、本銀町二丁目の薬種問屋《松前屋》に闇鴉が忍び込んだこと、仙十郎らが神田堀に逃げる賊を追ったが、罠《わな》に嵌《は》まって取り逃がしてしまったことを話した。

「周到《しゆうとう》な賊でございますな」

軍兵衛の傍輩《ほうばい》・加曾利孫四郎《かそりまごしろう》が腕組みをして言った。

「追っ手が来た時のことを考え、あらかじめ罠を張っておき、そこに誘い込む。

憎い奴よの」

島村が眉間《みけん》に皺《しわ》を寄せた。

「気に入りませんな」軍兵衛が言った。「逃げ道を作っておくってところが」

「どうしてだ？」島村が訊いた。

「可愛《かわい》らしくないではないですか」

「それでは何か、行き当たりばったりの方が可愛げがあるとでも言いたいのか」

「堀に飛び込むとか、寺に駆け込むとか、悪《わる》は悪らしく、無様《ぶざま》に逃げてもらいたいものです」

「そうなったらそうなったで、もう少し垢抜《あかぬ》けないのか、と文句を言うのであろうが」

見透《みす》かされていた。

「かもしれませんな」

「斯様《かよう》なところで四の五の言っておらずに、早くその手で捕まえ、闇鴉に言うてやれ」

引き下がるのが得策《とくさく》だった。

「心得ました」

軍兵衛は加曾利らに合図を送り、年番方与力の詰所を出た。今夜から見回るとなれば、これから夜間の見回路《みちすじ》の分担を決めなければならない。面倒だが、やるしかなかった。

「俺は日本橋南で構わないぞ」

橋を東に渡れば八丁堀の組屋敷に出る。真冬の夜の見回りとしては、望み得《う》る最上の見回路だった。

「何の何の、足の達者《たつしや》な加曾利殿ならば、四ツ谷《よつや》か浅草《あさくさ》辺りはいかがかな？」

軍兵衛はからかおうとして、笑い声を呑《の》み込んだ。奥の廊下を正月から出仕《しゆつし》し始めたばかりの一子・周一郎《しゆういちろう》が、お調書《しらべがき》の束を抱えて横切ったのだ。父として、奉行所で白い歯を見せている訳にはいかない。

存外《ぞんがい》、窮屈《きゆうくつ》なものだな。軍兵衛は心の中で独り言《ご》ちた。

一月二十一日。昼四ツ（午前十時）。

この日軍兵衛は、新六と中間の春助を従え、見回りの傍《かたわ》ら、朝から口入屋《くちいれ》を回っていた。

それというのも、口入屋に奉公先を周旋《しゆうせん》された中間などが、年季が明ける前に勝手に逃げ出したり、奉公先で盗みを働いたりする不始末が頻発《ひんぱつ》しており、奉行所としても看過《かんか》出来なくなっていたからだった。

同様の問題は、以前からあった。奉行所も、その都度《つど》対処はして来たのだが、この数年、悶着が起こる件数が増えて来ていた。

江戸御府内だけでも口入屋は約四百軒あった。それらを虱潰《しらみつぶ》しに回っているのではない。十一組ある株仲間の世話人をしている店だけである。それでも、少ないとは言えないし、結構な手間ではあった。軍兵衛の割り当ては、同役の者とふたりで手分けしたので、五軒だった。

神田堀が南に鉤《かぎ》の手《て》に折れ、浜町堀と名を変える橋本町界隈《はしもとちようかいわい》に、小体《こてい》な構えの口入屋《相州屋《そうしゆうや》》があった。口入屋としては古株で、店を構えて三十五年になる。腰高障子《こしだかしようじ》の隅に、《人宿》と古びた文字が小さく並んでいた。

障子を開けた新六が、

「邪魔するぜ」

と中に声を掛け、直《す》ぐに脇へ退き、軍兵衛を先に通した。軍兵衛に付いて回っているだけあって、軍兵衛の呼吸をよく呑み込んでいた。

軍兵衛が足を踏み入れると、薄暗い帳場で算盤《そろばん》を弾《はじ》いていた男が顔を上げた。

髪の半ばが白く、毛虫のように太い眉《まゆ》にも白髪が混じっていた。店の主なのだろう。男は軍兵衛の身形で八丁堀と気付き、急いで帳場から出ると、膝《ひざ》を揃《そろ》えた。

「手前は《相州屋》の主で、駒蔵《こまぞう》と申します。手前どもで世話した者が、何か……」

「そうじゃねえ」

軍兵衛は上がり框《がまち》に腰を下ろすと、奉公口を周旋する時は、身許《みもと》の確かな者に限るよう注意を与えた。

「盗みを働く者や、途中で逃げ出す者が多い、とこのところ苦情が絶えなくてな」

いかにも凶状持《きようじよう》ちらしいのには出直すように言い、自身番の者を奉行所まで走らせてくれ。株仲間の者にもそのように伝えてくれねえか。俺は、と軍兵衛は、姓名を名乗った。

「北町の臨時廻りだ」

「承知いたしました」

駒蔵が下げた頭を起こした時、腰高障子がからりと開き、手拭で頰被りをした浪人が入って来た。浪人は、やっ、と言い、済まぬ、と続けた。

「取り込み中であったか」

振り向いた軍兵衛と浪人の目が合った。と同時に新六が、旦那、と声を上げた。

「此間《こないだ》のご浪人さんでさあ」

軍兵衛は、新六に頷いて見せると、

「それじゃ、頼んだぜ」

と駒蔵に言い、答を待たずに津田に訊いた。

「荷揚げの仕事は？」

「あの後、騒ぎは起こしてくれるな、と叱られたのですが、何とか頼み込んで、日限《にちげん》まで使ってもらいました」

「そいつはよかったが、気の毒したなあ」

直ぐさま飛び出さなかったのが悔やまれた。

「いえ、誰にも迷惑は掛けておりませんので、ご案じ下さるには及びません」

「何か、ございましたので？」駒蔵が、耳聡《みみざと》く聞き付けた。

軍兵衛は、質《たち》の悪い若侍に絡《から》まれたのだ、と駒蔵に話した。

「津田さんに落ち度はなかった。そいつは俺がこの目で見ている。信じてくれ」

　手前は、と駒蔵がやや芝居掛かった声音《こわね》を出した。この道、三十五年の者でございます。津田様がどのような御方か、十分存じているつもりでございます。

「成程《なるほど》、世話人をしているだけのことはあるな」

「これは、お褒めに与《あずか》り恐縮に存じます」

「恐縮はよいから」と津田が、話に割って入ってきた。「どこでもよい。働き口を世話してくれぬか」

「剣の腕の方は、まあまあということでございましたね」駒蔵が訊いた。

「いや、大した腕だ。俺が保証する」軍兵衛が口添えをした。

「そうなんでございますか」駒蔵が津田に訊いた。

「何かあるのか」

「用心棒の口ならございますが、津田様はそのようなお仕事は、ついぞお請けにならなかったので」

「刀は使いたくなかったのだが、この際だからな。どのような話だ？」津田は、身を乗り出した。

「夜鷹《よたか》の元締からの依頼でございまして……」駒蔵は、そこで一旦《いったん》言葉を切る

「鷲津様」

と、津田の様子を窺いながら話を続けた。「遊んだ後、金を払わず女を殴《なぐ》り倒して逃げる者が、このところ時折いるとのことで、見張り、出来ればその不届き者を捕えてほしいというのですが」

「夜か」

「はい。ずっとという訳ではございません。代役で今夜から三日間だけ、というものでございます。寒空の下、歩き回っていただかねばなりません」

「代役とは、どういうことなのだ？」

「二十三日まで請け負っていた御方《おかた》が、転んで怪我《けが》をなさいましてね。二十四日からは、また別の御方が決まっておりますので、三日だけ、というお話なのです」

「一晩で、どれくらいもらえるのだ？」

「金一朱でございます」

一両の十六分の一、二百五十文が一朱である。大した額とは言えなかった。

「棒手振《ぼてふり》でも日に三百や四百は稼ぐご時世だ。もそっと弾んではもらえぬのか」

「夜鷹の遊び賃は二十四文でございますよ。夜鳴蕎麦《よなきそば》一杯が十六文ですから、二杯分に満たないお足しかいただけないのです。津田様に払えるお手当は、一朱が限度でございます」

「そうか……」

津田が腕組みをして考えている間に、軍兵衛は駒蔵に訊いた。

「かいつぶりの枡三《ますぞう》か」

「左様でございます。流石《さすが》に八丁堀の旦那、よくご存じで」

「目ん玉ひん剝《む》いて、毎日歩いているのだ。知らぬでは勤まらねえよ」

「悪い奴ですか」津田が軍兵衛に訊いた。

「悪いが、憎めぬ小悪党だ」

「そうですか」津田は駒蔵に、その話、請けよう、と言った。

津田は駒蔵に周旋料を払うと、枡三に渡す請状《うけじょう》と三日分の賃金をもらい、引き上げて行った。請状とは、奉公人の身許の保証書で、口入屋が奉公先に向けて書き、必ず持参させるものであった。

軍兵衛らも、《相州屋》に長居している暇《いとま》はなかった。本来の御役目である見回りをしなければならなかった。

三

暮れなずむ空に、七ツ半（午後五時）の鐘がひとつ鳴り渡った。

五日振りに、親分である小網町《こあみちょう》の千吉《せんきち》と弟分の佐平《さへい》が見回りに合流したことで、肩の荷が下りたのか、新六の口数が多くなっていた。

「やかましい。鐘の音を聞き逃すところだったじゃねえか」

千吉が、後ろを歩く新六を睨んだ。

千吉と佐平は、縄張り内にある大店の手代が、お得意先から集めた金を盗んで下総国関宿《しもうさのくにせきやど》に逃げたのを、店の者と同道して捕えに行っていたのだった。昼過ぎに帰着したふたりは、旅の疲れもどこへやら、の上機嫌であった。

――何をとち狂いやがったのか、紀文《きぶん》か奈良茂《ならも》にでもなった気分で大散財してやした。

お店は捕物騒ぎを起こして評判を落としたくないので、ひっそりと捕まえてもらいたい。御用繁多《はんた》の奉行所も訴状を受け取りたくない。その両者の思惑《おもわく》が重なり、千吉の出番となったのだった。お店からは、過分とも言える礼金が出る。これで千吉の懐は、暫《しばら》くの間、温まっていることになる。

軍兵衛は、中間の春助を奉行所に帰し、四人で飯屋に入った。春助は既に六十を超えている。年寄りの働く刻限ではない。

今夜は暁《あかつき》七ツ（午前四時）の鐘が鳴るまで、寝静まった町を歩かねばならない。取り敢《あ》えず動きが鈍《にぶ》らないように、軽く腹拵《はらごしら》えをしておく必要があった。

「お任せ下さい」

千吉が案内したのは、神田は多町《たちょう》にある小体な蕎麦屋《そばや》《照月庵《しょうげつあん》》だった。

「蕎麦じゃねえんでございやす。ここの握り飯が絶品でして、試してやっておくんなさい」

千吉は威勢よく店に入ると、台所に向かって、二階を借りるぜ、と言い、土間を奥へと進んだ。

「旦那」

千吉は階段の前で足を止め、軍兵衛を先に上がらせながら、目で誰かを探している。女将《おかみ》なのだろう。外した襷《たすき》を手にした大年増《おおどしま》が、内暖簾《うちのれん》から半身を覗《のぞ》かせた。

「出掛けているのかと思ったぜ。覚弥《かくや》の握りと吸い物を頼む。葱《ねぎ》はたっぷりとな」

「承知しました」

女将は千吉に続いて軍兵衛に丁寧に挨拶《あいさつ》すると、また内暖簾の向こうに消えた。

覚弥とは、高野山《こうやさん》の隔夜堂《かくやどう》に詰める僧のために考え出されたもので、塩出しした香の物の古漬を細かく刻み、醬油《しょうゆ》で味付けしたもののことだった。

殆《ほとん》ど待つ間もなく、覚弥の握りと、蕎麦汁に葱を落として蕎麦湯で割っただけの吸い物が来た。

一口頰張り、千吉を見た。握りに手を付けず、軍兵衛を見詰めている。様々な種類の古漬が飯と絶妙に混じり合い、思わぬ楽しみが口中に溢《あふ》れた。

「美味《うま》いものだな」

「で、ござんしょう」

にっこり笑ったまま、千吉はまだ握りに手を出さないでいる。吸い物を飲むのを待っているらしい。こんなにくどい男だったのか、と思ったが、口には出さず、吸い物に口を付けた。たっぷり入ってはいるが、葱だけの汁である。味の想像は付いた。啜った。

「……んっ」

千吉を見た。眉がぴくり、と上がっている。

想像を遥《はる》かに超えた味だった。余分なもののない、簡潔でいて、しっかりとした極上の吸い物になっていた。

「こいつは凄いぜ」

「そうなんでやすよ」千吉が勝ち誇ったように言った。

何がそうなんだか、分からなかったが、確かに思っていた以上の美味さだったので、頷《うなず》いておいた。

《照月庵》を出て、多町から連雀《れんじやく》町、須田町《すだちよう》と通り、八ツ小路《やつこうじ》に抜けた。神田川の流れに沿って、東へと柳原《やなぎわら》通りが延びている。

軍兵衛は、千吉に津田のことを話しながら昌平橋《しようへいばし》を渡った。

「夜中までは長《なげ》えんだ。暗くなったら、ちょいと覗いてみるか」

「お喜びになられるでしょう、きっと」と千吉が如才《じよさい》なく答えた。

「その前に、物騒《ぶつそう》なところを見ておくか」

軍兵衛らは、神田明神社、聖堂、湯島《ゆしま》天神の界隈《かいわい》を見て回り、不忍池《しのばずのいけ》のほとりで一息入れ、昌平橋に戻った。

日はとっぷりと暮れていたが、まだまだ闇鴉が動き出す刻限ではない。土手下に並んでいる古着屋の床店《とこみせ》は、灯《ひ》を落とし、ひっそりとうずくまっている。

軍兵衛らは柳森稲荷《やなぎもりいなり》脇の小路から土手に登り、津田の姿を探しながら異変の有無を見て回った。冬の土手は、人気《ひとけ》がなく、寒さだけが募《つの》った。

「これは、堪《たま》らんな」軍兵衛が言った。「ちょいと腹を温めるか」

七町（約七百六十メートル）程歩いたところで土手から柳原通りに下りた。川風が土手で遮られ、寒気が和《やわ》らいだ。

少し柳森稲荷の方に戻った豊島町《としまちょう》に縄暖簾の下がった飯屋があった。縄暖簾は、飯だけでなく酒も飲ませるという印である。

「旦那ァ」新六が思わず咽喉を鳴らした。

「情けねえ声、出すな」叱《しか》った千吉の声も、心なしか嬉《うれ》しげだった。

めしと大きく書かれた腰高障子を開けた新六が、頓狂《とんきょう》な声を上げた。透かさず覗いた佐平には、どうして新六が声を上げたのか分からないらしい。軍兵衛と千吉に向かって振り返り、変わったことはない、とでも言うように、首を捻《ひね》って見せた。

軍兵衛は佐平に続いて飯屋に入った。土間に立った新六が、入れ込みの浪人と親しげに話している。津田だった。襟白粉《えりおしろい》を濃く塗り立てた三人の白首と車座になって酒を飲んでいた。軍兵衛に気付いた津田が、膝に手を置き、会釈《えしゃく》した。夜鷹どもも、慌てて津田に倣《なら》ったが、少々腰が引けていた。

顔触れからして、津田が夜鷹どもに馳走《ちそう》しているのだろう、と察しは付いたが、《相州屋》での津田は、金に困っているように見受けられた。夜鷹どもとの顔繋《つな》ぎのためだと思えば、頷けなくもなかったが、そんな調子では、直ぐに懐に空《から》っ風が吹くだろう。軍兵衛は入れ込みに上がると、商売はよいのか、と津田と女どもに訊いた。

「この寒さです。暖を取らぬと仕事にならぬのですよ」

津田に合わせて年嵩《としかさ》の女が、旦那も、でござんしょ、と言った。

「違《ちげ》えねえ。図星《ずぼし》よ」

軍兵衛は気さくに答えると、亭主に燗酒《かんざけ》を頼み、津田に何を摘《つま》んでいるのか尋《たず》ねた。

「里芋と蛸《たこ》の甘煮ですが、なかなかのものですぞ」

「俺たちにも同じ物をくれ」

　酒に次いで小粒の里芋とぶつ切りの蛸の甘煮が出て来た。酒を飲み、蛸を摘んだ。味が染み込んだ蛸は、柔らかく煮えていた。

「こいつは美味《うめ》えや。教えてくれた礼だ。燗酒を受けてくれ」

亭主に燗酒を四本付けるように言った。銚釐《ちろり》に酒が注がれ、湯の中に落とされている。

「八丁堀の奢《おご》りで飲めるなど、またとないことです。ありがたく心遣いを受けさせていただきましょう」

「あたしどもも、初めてのことですよ」白首が三つ、丁寧に前へ垂れた。

「そうまで言われたら、肴《さかな》も付けねば格好が付かねえな」

軍兵衛が亭主に鍋を頼もうとすると、年嵩が、

「ありがたいのですが」と言って、遮った。「あたしどもは、そう長居は出来ませんので、お酒だけ頂戴させていただきます」

「そうかい。済まねえな。中途半端になっちまって」

「とんでもないことでございます。ここんところが」と胸をそっと叩いた。「温かくなりますよ」

「そいつはよかった」
燗酒が津田と女どもの真ん中に置かれた。それぞれが酌をし合っている。
「やはり、冬場は駄目だね」と、三人の中では中くらいの年格好の女が言った。
「お袖《そで》さんも来ればよかったのにね。美味《おい》しいお酒が飲めたのに」年の若い女が
ふたりの女に言った。
「あれは臍曲《へそま》がりだからね」年嵩が応《こた》えた。「あたしが誘ったから来なかったの
さ」
「そういう女なんだよ。どこかお高く留まっていてさ」中くらいが言った。
「客に大工がいてね。喜ばせて、小さな小屋を建てさせたんだよ」
「土手に、ですか」若い女が訊いた。
「ちょっと見ただけでは、分からないように、清水山《しみずやま》の藪《やぶ》の中にね」
筋違御門《すじかいごもん》から柳森稲荷に向かう土手に、清水が湧き出すことから清水山と呼ば
れている盛り上がった土地《ところ》があった。入り込むと障《さわ》りがあると言われ、よほど酔《すい》
狂《きょう》な者でなければ、あえて立ち寄ろうとはしない場所だった。
「広いのか」津田が訊いている。
「そんなに、広くは……」そこで年嵩は口許を押さえた。軍兵衛らを見て、「旦

那」と言った。「柱が竹の、寄っ掛かったら倒れそうな筵《むしろ》小屋なんです。ねえ、打ち壊したりしないでやって下さいね」

「さっきと違って、嫌な女でも、やけに肩を持つじゃねえか」

「そりゃあ、嫌な女《の》でも、おんなじ身の上だと思えば、ねえ」

「俺はそんな野暮《やぼ》じゃねえ。何も聞いちゃいねえよ」

「済みません」

年嵩に、中くらいが銚釐を持ち上げて見せた。

「さ、姐さん。せっかくの旦那の奢りですよ。ぐっといきましょう」

女どもは、燗酒を瞬く間に飲み干すと、少しでも稼がなくちゃね、と言って、津田と軍兵衛らに何度も頭を下げて出て行った。


その頃、女どもに臍曲がりと評されていた袖に、客が付いていた。

古傘買いの麻吉であった。

麻吉は、乏《とぼ》しい灯《あか》りに照らされた筵小屋の中を見回し、

「ここは、お前さんの塒《ねぐら》なのかい？」と訊いた。

「遅くなると大家がうるさくてね。そんな時は、ここに朝までいるのさ」

「寒かねえか」

「そりゃあ寒いけどね、ぼろを掻き集めて頭から被って小さくなっていれば、何とかなっちまうもんだよ」

小屋の隅に、畳んだ小袖が重ねてあった。寝具代わりになるのだろう。

「よりにもよって清水山とは、変わった女だな」

「あんたもね……」

「なあ、今じゃねえが、おれを朝まで置いてくれるって訳にはいかねえか。金も余分に払うからよ」

「そりゃ、構わないけど……あんた、何をしているんだい？　堅気《かたぎ》にしか見えないけど」

「堅気だよ。真面目《まじめ》に働いているぜ」

「だったら、どうして家《やさ》に帰らないのさ？」

「昔、ちっと悪さをしてな、今でも白い目で見られているんだ。だから、いろいろあってな」

「……そうだったのかい。悪いこと、訊いちまったね」

作り話に乗って来た女に、麻吉は、何、構わねえよ、といなしてみせた。

「石を投げられるのには慣れているからよ」

「投げないよ、あたしは」

「そうかい……」

「投げないよ、何があっても」

「ありがとよ……」

小屋の入り口がかさかさと鳴った。客がいる時の合図のために結んでおいた白い布が、川風に翻っているのだ。

「どうする、遊んでいくんだろ？」

「悪いな。今日は酒を飲み過ぎてるから、帰ることにする。また、近いうちに寄るからよ」

麻吉は懐から一朱金を取り出し、女に渡した。女は掌の中のものを見詰めると、

「待ってるよ」と言った。

千吉らが飲み終えるのを待って、行くか、と軍兵衛が言った。

「御役目だ。一回りしてくれようぜ」

「私も出ましょう」と津田が言った。「一応働いているように見せないと、職にあぶれますので」

軍兵衛は遠慮する津田を押し止《とど》め、双方の飲み代を払うと外に出た。津田が襟許を掻き合わせながら、そこまで送りましょう、と肩を並べた。

佐平と新六が前を行き、後ろに千吉が付いた。佐平の持つ提灯の灯が、心細げに揺れている。

月は厚い雲に隠れ、家々の屋根は黒く沈んでいた。

果たして闇鴉は出て来るのか。分からない以上、歩いて回るしかなかった。細川長門守《ほそかわながとのかみ》の上屋敷を通り過ぎたところで、津田が足を止めた。土手に上がる小路があった。

「今夜は、思いがけず楽しい一時を……」

津田が言い掛けたところに、呼子が鳴った。近かった。千吉が、酉《とり》の方角を指さした。武家屋敷が途切れ、御染物屋敷のある方だった。

「旦那」千吉が言った。

「走るぞ」

佐平と新六が地を蹴った。千吉が続いた。

「私も手伝いましょう」

津田が左手で刀を握り、駆け出した。裾が風に煽られて鳴っている。軍兵衛も裾を左右に割って、後を追った。

横大工町《よこだいくちょう》代地を横切り、佐平が、新六が、更に千吉と津田が走って行く。取り残されたのでは示しが付かない。軍兵衛も足を急がせた。

御染物屋敷に程近い岩本町《いわもとちょう》の通りで、黒い影が入り乱れていた。賊を同心と岡っ引らが追い詰めているらしい。賊はひとり、浪人者であった。

「あれは、小宮山の旦那のようです」前を走っていた千吉が、振り向きざまに軍兵衛に言った。

目を凝《こ》らすと、確かに定廻り同心の小宮山仙十郎とその手先の神田八軒町の銀次らだった。捕縛の輪を縮めようとしていた仙十郎が、軍兵衛らに気付いた。

「何をやらかしたんだ?」

「辻《つじ》強盗です」仙十郎が答えた。

「頼む。捕まる訳にはいかぬのだ。見逃してくれ」

浪人は、叫びながら剣を滅多矢鱈《めったやたら》に振り回している。

「詳しく話してくれ」

軍兵衛は仙十郎に振り返って訊いた。

茶屋帰りの者を襲って紙入れを奪い、手傷を負わせたのです。

「傷《きず》の具合は？」

「深傷《ふかで》でございます」銀次が言った。

「分かった」

言った瞬間、軍兵衛は浪人との間合の内に飛び込んだ。驚き、慌て、浪人は軍兵衛の胸板目掛け、刃を突き出した。寸の見切りで刃を躱《かわ》した軍兵衛の十手《じって》がするりと伸び、浪人の小手を打った。浪人は低い呻《うめ》きを洩《も》らし、膝を突いた。

「ふん縛《じば》れ」

軍兵衛が、千吉とも銀次とも、どちらとも付かずに命じた。銀次が千吉を見た。打ち据えたのは軍兵衛である、という遠慮があった。それを悟った千吉は、「おめえさんのだ」と銀次を促した。

「ありがとうございやす」

右手首を抱えるようにしてうずくまっていた浪人を、銀次と手下の義吉と忠太が、取り囲み、縛り上げた。

「やれやれ、だ。俺の歯が立つ相手で良かったぜ」

軍兵衛は首筋に手を当てた。津田は、縄を受けた浪人が連れて行かれるのを見送っていたが、

「私の、明日の姿かもしれませぬな」

ぽつりと呟《つぶや》き、皆に背を向けると柳原土手の方へ引き返して行った。

「どなた、です？」仙十郎が軍兵衛に訊いた。

「浪人だ。腕は立つが、運に欠けている。よくいるだろう。そんなひとりだ」

津田の後ろ姿が、闇の中に溶け込もうとしていた。

四

翌日は何事もなく過ぎ、一月二十三日となった。

昼八ツ（午後二時）。

小宮山仙十郎は、橋本町の自身番を見回った序《つい》でに、通りの向かいにある木戸番小屋に立ち寄った。この辺りを回る時は、いつも立ち寄るところだった。番太郎として、明け六ツ（午前六時）まで町木戸の世話をし、夜明けとともに就寝する木戸番の乙吉《おときち》が、丁度《ちょうど》起き出す頃合である。

「御免よ」

木戸番小屋に入ると、枕屏風《まくらびょうぶ》が立ててある。まだ乙吉は寝ているのだ。そっと引き返そうとした仙十郎を、乙吉の女房の浪《なみ》が呼び止めた。

「起きておりませんか」

「よく寝ているようだ」

「さっき返事をしていたのに、また寝てしまったんでございましょう。直ぐ起こしますので」

「いや、疲れているのだろう。寝かせてやっておいてくれ」

座敷に上がる浪を止めようとしたが、浪の動きの方が早かった。

「年寄りがこれ以上寝るのは、贅沢《ぜいたく》ってもんでございますよ」

枕屏風の向こう側に回り、掻巻《かいまき》の裾を引いた。

「小宮山の旦那がお見回りの途中に寄って下さいましたよ」

「えっ、そんな刻限かい……」

飛び起きた乙吉は、仙十郎と銀次らに挨拶すると、裏に走った。顔を洗い、口を漱《すす》いでいるのだろう。水音が立っている。

仙十郎らは出された茶を啜った。その間に、裏店住まいらしい子供ふたりが麩《ふ》菓子《がし》を買いに来た。その後、棒手振がひとり、草鞋を求めた。浪が愛想《あいそ》よく釣りを渡しているのを眺めながら、仙十郎は口を開いた。

「結構売れるものだな」

「とても商いと呼べる程のものではございません。年寄りふたりだけでしたら、これでも悪くはないのですが、まだ幼いお種《たね》がおりますもので……」

「そうか……」

乙吉と浪の夫婦との付き合いは、仙十郎が定廻りになった年に始まる。その年の冬、ひどい風邪が流行《はや》り、夫婦の娘が幼い種を遺《のこ》して急逝《きゅうせい》してしまった。種の父親は遡《さかのぼ》ること三月《みつき》前に茶屋女と江戸を売っていた。遺された種を引き取った夫婦は、孫を嫁に出すまでは、とそれを張りにしているのだが、種は身体が弱く、ふたりも老いを隠せなくなっていた。

「わたしどもが元気なうちに、もう少し丈夫にしてやりたいのですが」

種は、直ぐに風邪を引き、熱を出した。蒲柳《ほりゅう》の質《しつ》というのかもしれない。

「よく効く薬はないのか」

「ありましても、高くて、とてもわたしどもでは……」

木戸番の手当は安かった。だからこそ、少しでも暮らしの足しに、と草鞋や駄菓子を売っているのだ。そんなことは、端《はな》から分かっている。俺は訳知り顔をして、何を言っているのだ。仙十郎は、心の内で舌打ちをした。

女房と仙十郎の声が聞こえていたのか、手拭で口許を拭《ふ》きながら戻って来た乙吉が、作ったような笑みを浮かべて言った。

「なあに、そのうち身体が出来てくれば、丈夫になるかもしれませんや」

「心配したのが嘘《うそ》のようだ、と笑い飛ばせる日が来るとよいな」

「はい」乙吉が目をしばたかせた。

仙十郎は乙吉から目を逸《そ》らし、種の姿を探した。いない。

「お種坊は？」浪に訊いた。

「その辺りにおりませんでしたか」

「いや、見なかったな」

浪が表に出て、種の名を呼んだ。見当たらないらしい。浪の声が右に、左に動いた。銀次が手下ふたりに目配せした。義吉と忠太が表に飛び出し、通りと町木戸の外に分かれた。

間もなく、義吉が種の手を引いて戻って来た。

「木戸の向《む》こっ側《かわ》で、猫とひなたぼっこをしておりやした」

「そうかい」仙十郎が種の頭を撫《な》でた。日なたのにおいがした。

「ひとりで遠くへ行っちゃ駄目だよ」浪が軽く叱《しか》った。

「行っちゃあいねえよなあ」言いながら、乙吉が種を抱き上げた。種は、はにかみながら、笑っている。

茶を飲み干した仙十郎らが立とうとした時、小屋の前を古傘買いが通り掛かった。

「ちょいと、傘屋さん」浪が呼び止めた。

小屋を覗いた古傘買いの顔が、同心と岡っ引の姿を見て、一瞬、固まった。麻吉であった。

「へい」

顔を俯き加減にしながら、殊更《ことさら》ゆっくりと荷を下ろした。

大丈夫だ。何もばれたって訳じゃねえ。

麻吉は深く息を吸い込んだ。先日の夜、まんまと罠に嵌め、神田堀の土手で翻《もん》筋斗《どり》打たせた同心たちかもしれなかったが、顔を見られていない自信はあった。

「傘を一本引き取っておくれな」

「拝見しましょう」

麻吉は何気ない風に傘を受け取り、同時に小屋に屯《たむろ》する一同に目を走らせた。麻吉に目を留める者はいなかった。

「四文で如何《いかが》でしょう」

「上等じゃねえか。ありがとよ」乙吉が答え、四文銭を一枚受け取った。

古傘買いは四ツ手に折れ傘を載せ、歩み去って行った。それを潮《しお》に、仙十郎らも見回りに戻ることにした。

仙十郎らを見送った乙吉は、銭を手の中で遊ばせていたが、種を手招きし、

「これで千代紙でも買いな」

と四文銭を与えた。種は小さな掌で握り締めると、こくんと頷き、横町に行ってもいいか、と訊いた。手遊びの品を揃えた店があった。

「直ぐ帰って来るんだよ」

またこくん、と頷くと、種は番小屋を出、背を向けて歩き始めた。娘の幼い頃とそっくりだった。ふと、込み上げて来るものがあった。乙吉は身じろぎもせずに種の後ろ姿を見守った。

「よい日よりだな」

急に、後ろから声を掛けられた。慌てて目尻を拭い、振り向いた。

浪人がひとり、微笑《ほほえ》みながら立っていた。津田仁三郎だった。乙吉が足を挫《くじ》いて夜回りが出来なかった時に、口入屋から送られて来て、二月《ふたつき》程手伝ってくれた。以来、時折顔を出してくれるようになっていた。

「元気そうではないか」

「お蔭様をもちまして、何とかやっております。津田様は？」

「相変わらずというところだ。お種坊は」

「ちょいと出たところでして」

「おらぬのか。それは残念。顔を見たかったが……」

津田は、伸び上がるようにして、辺りを見回していたが、諦《あきら》めたのか、乙吉に向き直った。

「今日は、こちらの方にお出掛けで？」

「まあ、そうなのだが」津田は、手に提げていた風呂敷包みを目の高さに上げた。「卵をもろうたのでな、お種坊に持って来た。滋養を付けさせてやってくれ」

「わざわざお持ち下さったのですか。おい、浪」

乙吉は、慌てて小屋の中に声を掛けた。浪が小走りにやって来て、津田の姿に破顔《はがん》しつつ、頭を下げた。

「もらい物だから、気にするな。それよりも、先日昔の友に会ったところ、よい人参《にんじん》を手頃な値段で売ってくれるという店を教えてくれてな。それを伝えたくて寄ったのだ」

「ご無理はなさらないで下さいませ」

「何の。それ程高くはないと言うから、案ずるな。そのうち博打《ばくち》で大当たりでもすれば、買ってやれるかもしれぬな」

「津田様……」

深々と頭を下げている乙吉の手に、津田は風呂敷包みを押し付けた。

「これから《相州屋》に参るところで、序でに寄ったに過ぎぬ。礼など言われては面映《おもは》ゆい。勘弁してくれ」

ではな。津田は、軽く片手を上げると、逃げるようにして立ち去って行った。

半町程行ったところで振り向くと、まだ乙吉と浪が見送っているのに気付き、今度は腰を折って丁寧に辞儀《じぎ》をした。乙吉は風呂敷包みを抱き締め、浪は拝むように掌を合わせていた。ふたりの間に、種が潜り込んで行くのが見えた。

――また荷揚げですが、手っ取り早く日銭を稼ぐにはよろしゅうございましょう。

《相州屋》が世話をしてくれた話は、小網町の塩問屋《上総屋《かずさや》》の荷揚げ人足であった。柳原の仕事は直ぐに期限が来てしまうので、他の仕事に就けたのはありがたかった。

――《上総屋》の荷揚げ頭は、細かなことにうるさい方なので、これからご挨拶に行かれた方が無難でございますよ。

《相州屋》に周旋料を払い、請状を懐にした津田は、鉄砲町《てっぽうちょう》にある質屋に寄り、仙台平《せんだいひら》の袴《はかま》を請け出し、小網町に急ぐことにした。鉄砲町の質屋は、前に往来でならず者に難癖《なんくせ》を付けられていた主を助けたことがあり、以来世話になっていた。

亀井町を抜け、小伝馬町《こでんまちょう》の牢獄《ろうごく》の脇を通り、鉄砲町に足を踏み入れようとした矢先、右の鼻緒《はなお》が不意に緩んだ。擦《す》り切れて、切れる寸前になっていた。すげ替えなければならない。津田は、道の端に寄り、腰を屈《かが》め、懐から手拭を取り出した。布を裂き、縒《よ》りを掛け、草履の穴に差し込み、すげ替える。慣れたことだった。

その津田の動きに、目を留めた者がいた。

浅蜊《あさり》の佃煮《つくだに》を売り歩いている前髪の少年であった。名は松吉《まつきち》。身体が小さいところから豆松《まめまつ》と呼ばれており、早朝はむき身を売り、昼は佃煮を売り歩く働き者であった。働くのが好きな訳ではない。働くべき者が働かずにいるがために、豆松に皺《しわ》寄せが来ているだけの話だった。

豆松が裏店から通りへと出て来た時、半町程先の通りの端に屈み込む浪人の姿が見えた。どうしたのだろう。懐から手拭を取り出している。鼻緒をすげ替えようとしているのだと分かった。浪人の懐から紙が一枚、落ちた。

何か落としたぜ。抜けてやがるな、まるで、気付かねえじゃねえか。

豆松は、天秤に弾みを付けて前後の笊《ざる》を担ぎ上げ、津田の方へと足を速めた。

ご浪人さん。

声を掛けようとした豆松の目の前に、すっと現われた若侍が、もし、と浪人に言った。

「書き付けを落とされましたが」

若侍は豆松よりひとつ、ふたつ年上のように思われた。元服《げんぷく》して間も無いのか、剃《そ》り上げた月代《さかやき》の青さが目に付いた。

若侍は、紙片《しへん》を拾うと、汚れを払い、津田に差し出した。

鷲津軍兵衛が一子・周一郎、幼名竹之介《たけのすけ》であった。この日、周一郎は、牢屋見廻り与力から配下の同心への言伝《ことづて》を届けるよう命じられ、牢屋敷を訪ねた帰りだった。このような使いは時折あった。

牢屋見廻りは、与力ひとり同心ふたりの小所帯なので、牢屋同心の監督にふたりの同心が出向いてしまうと、連絡する者にも事欠いてしまうのである。

「ややっ」と津田が、目を見開いて紙片を見、懐を探った。「確かに私のものです。いや、ありがたい。助かりました。これがないと、せっかく来た道を引き返さなければならなくなるところでした」

津田が手を突かんばかりにして、頭を下げた。照れて四囲《しい》を見回した周一郎と、豆松の目が合った。

豆松は頰をふくらませて、周一郎と擦れ違うようにして、足早にその場を離れた。

ちくしょう。おれが先に見付けてたんだ。なのに、横取りしやがってよ。

天秤の端に提げた笊が躍《おど》った。

「おいおい、中身が零《こぼ》れるぜ」

声のする方を振り返った。古傘買いの麻吉だった。麻吉も裏店回りをして、通りに出て来たところだった。

「よく働いて感心じゃねえか。おとっつぁんは？」

「飲み潰れちまって、寝てるよ」

「しょうのねえ、とっつぁんだな」

豆松の母親は、五年前、流行り病で亡くなっていた。その葬式の頃、古傘買いに行き、豆松父子と知り合ったのだった。

「働くのはいいが、手習いはどうしてる？　行ってるんだろうな？」

「そんな暇、あるかい」顎《あご》が干上がっちまうよ、と言って豆松は横を向いた。

「今度行って、意見してやろうか」

「来なくていいよ……後で暴れるから」

豆松の黒目が小刻みに揺れた。脅《おび》えている。その目が、麻吉の胸を衝《つ》いた。

「何か奢るぜ。食いたいものを言いな」

「腹なんか減ってねえや」

「そう言うな。大人が誘ったら、甘えるもんだ……」

「…………」

頷き、麻吉の後に付いて歩き出しながら、周一郎を見た。別れるところらしい。津田と周一郎が頭を下げ合っている。豆松は目尻を擦《こす》ると、天秤棒を揺すり上げた。

周一郎に背を向けて駆け出した津田を、物陰から見詰めている者がいた。先日の竹河岸騒動の折、麻吉に足を払われ、地面に叩き付けられた侍だった。直参《じきさん》旗本副島《そえじま》家の次男・彰二郎の供侍で、名を坂井田平八郎《さかいだへいはちろう》と言った。

（ようよう、見付けたわ……）

坂井田は、津田の後を追い始めた。

五

一月二十四日。六ツ半（午前七時）。

麻吉は、豆松が浅蜊のむき身を売りに出ている早朝を狙って、元大坂町《もとおおさかまち》の《筍《たけのこ》長屋》を訪れた。麻吉の住む高砂町の《極楽長屋》からは、四町（約四百三十六メートル）のところにあった。

出職の者と擦れ違ったが、着ているものを一枚、一枚切り売りするような貧乏人ばかりが住んでいると噂される長屋だけあって、こざっぱりとしている者は少なく、誰も彼もが煤《すす》け、薄汚れていた。

木戸を抜け、路地を通り、奥へと進んだ。腰高障子に大工・矢太《やた》と書かれている借店《かりだな》の前で足を止めた。豆松の塒《ねぐら》であった。

「御免よ」

待ったが、返事はない。もう一度声を掛けてから、腰高障子を開けた。

饐《す》えたようなにおいが鼻を突いた。構わずに土間に入った。

目に飛び込んで来たのは、乱雑に散らかった部屋だった。酒徳利《さけどつくり》と湯飲みが転がり、食べ残した焦《こ》げ飯が茶碗《ちやわん》にこびりついていた。

茶碗の脇で、敷布団を柏餅《かしわもち》にして矢太が寝ていた。数年前までは、子煩悩《こぼんのう》でよく働く大工だったが、渡り大工と親しくなってからと言うもの、酒と博打の深みに嵌《はま》ってしまい、それを咎《とが》めた親方との縁を己から切ってしまっていた。今は、豆松の稼ぎと、時折気が向いた時に半端仕事を手伝って得る手間賃が稼ぎのすべてだった。

「矢太よぉ、起きてくれよ。おれだ、麻吉だ」

何度か声を掛けると、矢太の寝息がようやく途切れた。

「近くまで来たんで寄ったんだが、何でえ、まだ寝てんのかよ。お天道様《てんとさま》はとうてるんだ」

「うるせえな。おれはお天道様とは反《そ》りが合わねえんだよ。お月様が相棒と決めてるんだ」

上手いことを言うじゃねえか。麻吉は無理に笑いながら、水瓶《みずがめ》の蓋《ふた》を取って、中を覗いた。底の方に、僅かに残っているだけだった。

「水の一杯もらおうか、と思って寄ったんだが、汲《く》んでねえようだな」

「あの餓鬼《がき》、忘れやがったな」

矢太がはだけた胸を掻《か》いた。爪《つめ》の痕《あと》が左右に走っている。

「豆松だけどよ、手習いの方は行っているのかい?」

「どうだかな、知らねえ」

「あいつには先があるんだ。読み書き算盤《そろばん》くらい出来ねえと、おれたちのように一生裏店暮らしから抜け出せねえぞ」

「それが嫌なら、てめえの才覚で抜け出しゃいいんだ。おれはいつも、そう言ってる」

「かもしれねえ。だが、豆松はまだ十かそこらだろ。前髪が取れるまでは親の掛かりってのが当たり前だろうが」

「そんなこたぁ、てめえが餓鬼をこしらえてから言ってくれ。てめえは独りもんだから、気楽なもんだろうけどよ。いいか、おれにはおれの育て方ってのがあるんだ。余計な口出しは止《や》めてもらいてえな」

「餓鬼に食わしてもらっといて、その言い草はねえだろう。それじゃあ世間様には通らねえよ」

「さては、てめえ、あの餓鬼に、とっつぁんに意見してくれとか言われやがったな」

矢太はやおら起き上がると、気色《けしき》ばんで見せた。

「それは、ねえ。間違っても、それは、ねえ。おれが勝手に口出ししただけだ。済まねえ。言い過ぎた。今度、酒でも奢るから、勘弁してくれ」

酒、と聞いて、途端に矢太の相好《そうごう》が崩《くず》れ、風向きが変わった。

「こっちこそ言い過ぎた。ご覧のような癇癪《かんしゃく》持ちで、何も彼《か》もしくじってよ。このざまだ」

「何、まだまだ遣り直せるさ。いい腕してたじゃねえか」

麻吉は二の腕をぽん、と叩いて、顎で矢太を指した。

「そう言ってくれるのは、麻吉《あさき》っつぁんだけよ。他の奴らは、能無しの酔いどれとしか見ちゃくれねえ」

「それはお前さんが、そう取られても仕方のねえ暮らしをしているからだ。それを改めりゃあ、ひとの見る目も変わるってもんさ」

「そうだろうか」

「そうだよ。まだ若いんだ。頑張れば、豆松が一丁前《いっちょうまえ》になる頃には、若い嫁《よめ》さんをもらえるかもしれねえぜ」

満更《まんざら》でもないのか、敷布団の上に座り直して頬を緩《ゆる》めている矢太を残して、麻吉は長屋を出た。

これで少しでも働く気になってくれれば、めっけもんだった。

柄にもねえな、おれとしたことが。麻吉は首を竦《すく》めた。善人ぶろうってんじゃねえんだ。ただ、豆松の姿が、てめえの餓鬼の頃と重なるような気がして、えらそうに意見しちまった。まあ、いいか。麻吉は、もうひとつ首を竦めると、長屋の路地を抜けた。

その頃――。

津田仁三郎は、小網町の行徳《ぎょうとく》河岸で、口入屋の《相州屋》に斡旋《あっせん》された塩問屋《上総屋》の荷揚げの仕事に就《つ》いていた。

岸から瀬取舟に渡した歩板を足取りも軽く渡り、塩俵を積み上げて行く。塩俵は一俵十六貫（約六十キロ）あった。

「無腰なのだな」副島彰二郎が、供侍の坂井田に訊いた。

「はい。両刀とも、帳場に預けているようでございます」

彰二郎らは、河岸を見渡す蕎麦屋の二階に陣取っていた。

坂井田は、昨日津田が《上総屋》に赴《おもむ》くところまでは難なく確かめることを得た。しかし、店先でうろうろして見咎められては、と直ぐにその場を離れ、彰二郎の許《もと》へ報《しら》せに走ったのだった。

「いつ、どこで、襲いましょうか」

「今だ。たった今、その河岸でだ」

「しかし、周りには人目がございます」

「構わぬ。刀を持たれては敵《かな》わぬであろうが。そのために、今日こうして其の方らを集めたのだ」

彰二郎は、座敷に居並んだ坂井田ら四名の顔を見回し、よいな、と言った。

「彼奴《あやつ》に刀を奪われぬよう、手と刀を下げ緒で固く結んでおくのだぞ」

「はっ」

答えたひとりが、下げ緒を引き抜いた。それに倣《なら》って、残りの二名も続いた。

坂井田が、慌てて階下へ代金を払いに行くのを尻目に、行くぞ、と彰二郎が言った。

右手を刀の柄《つか》に縛り付けた侍が四名、階段を下りて来た。坂井田が合流すれば、五名となる。異様な物々しさに、階下の客たちが蕎麦を手繰《たぐ》る手を止めて、見詰めた。

「見世物《みせもの》ではない」

坂井田が怒鳴《どな》った。客が一斉に顔を伏せた。

「其の方も」と蕎麦屋の主に言った。「何も見なかったことにいたせよ」

「へい」

「それでよい。これから何が起ころうと、騒がぬのだぞ。分かったな」

坂井田は言い終えると、下げ緒を引き抜きながら彰二郎らの後を追った。

彰二郎を先頭に四人が前を走って行く。付き従う三人は、屋敷内でも一、二を争う腕利きの者どもであった。よもや後《おく》れを取ることはあるまい。

さすれば、だ。身共がなすべきことは、後始末をどう付けるか、ということだ。彰二郎様は勿論《もちろん》のこと、御家の名を汚さぬように、片を付けるには、やはり金か。それをどこにどれだけ配るか、だな。如何程《いかほど》になろうか。

坂井田が考えながら走っているうちに、彰二郎を追い抜いた利根喜一郎《とねきいちろう》が、浪人に斬り掛かった。

鋭《するど》い一撃だった。

「んっ、やったか……」

黒いものが撥《は》ね飛び、堀に真っ逆さまに落ちて行った。水飛沫《みずしぶき》が上がり、水音が続いた。目を凝らした。頬被りをした浪人が、彰二郎の方に向かっている。投げ込まれたのは、利根だった。

「水野《みずの》、沢口《さわぐち》、掛かれ」

坂井田は叫びながら、刀を抜いた。

水野が腕を摑《つか》まれ、膝を蹴られた。膝がぐにゃり、と曲がった。折られたのだ。水野が頽《くずお》れ、悶絶《もんぜつ》している。沢口の腰が引けた。彰二郎は、その沢口の後ろに回っている。

沢口が突いて出た。浪人は難無く躱すと、踏み込み、沢口の顎を殴り付けた。

沢口の首が、こちらに向いた。

彰二郎が這うようにして、逃げて来た。

「頼むぞ」蒼白《そうはく》な顔をして言った。

「心得ました」

坂井田は、浪人の前に立ちはだかった。勝てるとは到底《とうてい》思えなかった。腕が全く違う。しかし、ここで逃げては、坂井田としても役目が果たせない。

構えた。背後にいた彰二郎の気配がない。逃げたのだ。

これまでか。

斬り掛かった。剣は虚空《こくう》に流れ、浪人の拳《こぶし》が鳩尾《みぞおち》に入った。息が詰まり、気が遠くなった。そのまま目の前が真っ暗になった。

どれくらい倒れていたのだろうか。気が付くと、利根が板塀に寄り掛かり、肩で息をしていた。どうやら利根に担がれ、河岸の端に寝かされていたらしい。水野を見た。膝が青く腫《は》れ上がっていた。激痛が走っているのだろう、呻《うめ》いている。慌てて、己の身体を見回した。どこにも怪我らしいものはなかった。

浪人の姿が見えた。お店者と話している。声が聞こえた。

「手前どもは、万にひとつの間違いもないよう、仕事を頼む御人は選ばせていただいております」

お店者の話は更に続いた。

「津田様は、《相州屋》さんのおすすめもあり、この御方ならば、と思い、お頼みしたのです。それなのに、あのような方々との悶着を引き摺《ず》っておいでになられた。こんなことがあったからには辞めていただく他ございません。申し訳ございませんが」

「金子が要《い》るのだ。何とかならぬか。頼む」浪人が懇願している。

「残念ではございますが」

「どうしても、か」

「どうしても、でございます」

「相分かった。致し方あるまい」

「僅かの間ではございましたが、津田様のお人柄は、よう分かっているつもりでおります。信ずるに足る御方と思います。しかし、これがお店の決まりでございますので」

この日の労賃は既に《相州屋》からもらっていた。だが、この調子では、周旋先を減らされるかもしれない。津田は気が重くなった。

「おい」と津田は、帰る序でに、河岸の端にいた四人に声を掛けた。「馘首《くび》になってしもうたぞ。二度と私には構ってくれるな。頼むぞ」

水野が唸《うな》った。

「済まぬな。勢いで折ってしまったが、養生《ようじょう》してくれよ」

津田の姿が見えなくなるのを待って、坂井田は辻駕籠《かご》を拾った。ずぶ濡《ぬ》れの利根が水野を駕籠に乗せ、一行は這々《ほうほう》の体《てい》で屋敷に戻った。

侍長屋に着くと直ぐ、彰二郎が屋敷から長屋にやって来た。

「何だ、あのざまは」四人を前にして、彰二郎が吠《ほ》えた。「あれでは、扶持《ふち》に見合う腕とは、とても言えぬぞ」

「ですが、相手が強過ぎます」利根が、首を横に振った。

彰二郎は、荒い息を吐き出した。

「彼奴が途方もなく強いのは、今日でよく分かった。そこで、考えたのだ。我らの腕では敵わぬのなら、相応《ふさわ》しい者に頼めばよいのだ、とな」

「と、仰《おお》せになりますと？」

「篠原《しのはら》先生だ。先生に倍にして返してもらうしかあるまい」

篠原九一郎《くいちろう》。副島家から庇護《ひご》を受けている一刀流篠原道場の道場主であった。

「篠原先生なれば」と言って、利根が大きく頷いた。「負ける道理がございません」

「そうか、そう思うか。坂井田はどうだ？」

「篠原先生でございますか……」

もう、あの浪人に拘《かかわ》るのは止めましょう。咽喉まで出掛かったが、言えなかった。

「どうなのだ？」彰二郎の声が苛立《いらだ》っている。

「必ずや」

と坂井田は答えながら、このことを殿に申し上げれば、と考えていた。殿、すなわち副島丹後守則清《たんごのかみのりきよ》。彰二郎の父である。殿ならば、愚かなことを、と一喝《いっかつ》なされるであろう。

しかし、彰二郎の執念《しゅうねん》深さを考えると、殿に頭ごなしに叱られれば叱られる程、意地になりそうな気がした。如何《いかが》すべきか。

今は、成り行きを見守るのが、最善手だ。坂井田は自らに言い聞かせ、目を閉じた。

その夜、小網町の料亭《いち柳《りゅう》》の門を見通す暗闇に潜む影があった。既に半刻（一時間）近くその場から離れず、獲物《えもの》を待ち受けている。

津田仁三郎だった。

これが初めての辻強盗ではない。この三年程で、既に四度を数えていた。

話し声が奥の玄関口から聞こえて来た。声のかたまりが動いて来る。女の声もする。見送りの者なのだろう。津田は懐から手拭を取り出すと、頬被りをした。

檜皮葺《ひわだぶき》門の前に提灯を手にした店の番頭が立ち、続いて五つの人影が姿を現わした。柱行灯《あんどん》の仄明《ほのあ》かりと提灯に照らし出された中程に、年の頃は五十過ぎの、押し出しのよい、いかにも大店の主という風体の男がいた。

（あれにするか……）

狙う相手は、それなりの金銭を持っていさえすれば、誰でもよかった。その意味では、津田の目は確かだった。男は神田多町の青物問屋《大黒屋《だいこくや》》の主で吉左衛門《きちざえもん》といい、この日は、馴染《なじみ》の料亭《いち柳》に遊びに来ていたのだった。

門前から提灯がひとつ、小舟町《こぶなちょう》の方へと動き始めた。お供に連れて来た手代が提灯を持ち、吉左衛門の足許を照らしている。見送りの者どもは、暫《しば》し門前に佇《たたず》んでいたが、間もなく奥へと消えた。

津田は、夜空を見上げた。下弦《かげん》の月が、寒々とした光を降り注いでいる。髷を隠した手拭の縁を摘み、前へ引いた。庇《ひさし》が張り出すように手拭が前立ちになり、顔に影が落ちた。津田は獲物を追って、陰を縫《ぬ》うようにして走った。

湿った土を踏む足音が、水を飲む猫の舌の音を思わせた。

ふと吉左衛門が振り向き、手代が提灯を音のする方向へ翳《かざ》した。

と、闇の中から大きく膨れ上がった人影が、腰のものを抜き払い、提灯を真っぷたつに斬り裂いた。蠟燭《ろうそく》の灯芯《とうしん》が斬り飛ばされ、あっと言う間に灯が消えた。

恐ろしいまでに研ぎ澄まされた腕だった。

這って逃げようとする手代に、動くな、と津田が言った。声も立てるな。

「もし」吉左衛門が言った。「目当てが金子であれば、差し上げます。それとも……」

「ほしいのは、金だけだ」

「でしたら、これを」吉左衛門が懐から紙入れを取り出し、津田に渡した。

ずしり、と来る程重くはなかったが、なにがしかは入っているようだった。

「済まぬ」

津田は紙入れの中のものを、無造作《むぞうさ》に袂《たもと》へ落とした。

「あの」吉左衛門が話し掛けようとした。

「何も言うな」津田が声を殺して言った。「言えば、斬らねばならぬ」

吉左衛門は口を閉ざした。津田は紙入れを返すと、背を向けて駆け出した。津田の後ろ姿が闇の中に消えた。

「旦那様」

手代が泣き声を上げた。

「何をめそめそしています」吉左衛門が辺りを見回しながら言った。「ふたりとも命があったんですよ。命さえあれば、どうとでもなります。ささっ、自身番に寄って帰りましょう。灯ももらわねばなりません」

吉左衛門は斬られた提灯を手に取ると、手代を促して歩き始めた。

第二章　明屋敷《あけやしき》

一

一月二十五日。五ツ半（午前九時）。

鷲津軍兵衛は小網町の千吉らを伴《ともな》い、神田多町の青物問屋《大黒屋》を訪れた。

主《あるじ》の吉左衛門から昨夜の辻《つじ》強盗についての詳しい話を聞くためだった。浪人による辻強盗がこのところ増えているせいもあったが、《大黒屋》からは年に二度、与力《よりき》と同心《どうしん》に付届《つけとどけ》を受けているということもあった。

店の隅に下《した》っ引《ぴき》の新六と佐平を残し、軍兵衛は千吉と内暖簾《のれん》を潜《くぐ》り、番頭の案内で奥へと向かった。

吉左衛門は座敷の下座に控えていた。軍兵衛が敷居を跨《また》ぎ、上座に回った。しかし千吉は、敷居を前にして廊下に控えた。それに気付いた吉左衛門が、

「親分さん」と言った。「そこは冷えましょう。どうぞ、中へ」

「ありがとうございます。ですが、あっしはここで」

「本来ならば、手前の方から御奉行所へ伺《うかが》わねばならないところを、わざわざお越しいただいたのです。廊下では申し訳が立ちません」

「ありがとよ」と軍兵衛が吉左衛門に言った。「昨夜《ゆんべ》、俺たち町方もあちこちに散って見回りをしていたのに、《大黒屋》さんには難儀《なんぎ》をかけちまった。申し訳ねえのは、こっちだあな。千吉、折角《せっかく》《大黒屋》さんが仰《おっ》しゃってるんだ。中に入らせていただくがいいぜ」

軍兵衛は千吉に頷《うなず》いて見せた。

「では、お言葉に甘えさせていただきます」

千吉が座敷の隅に膝《ひざ》を揃《そろ》えて座った。

「早速だが、襲ったのは浪人だと聞いたが」

「はい。昨晩、御役人様に申し上げたのでございますが」

小舟町の自身番からの知らせを受け、駆け付けた当番方《とうばんかた》の同心によって、既に

お調書《しらべがき》が作られていた。軍兵衛は、それに目を通した上で訊《き》きに来たのである。

「面倒だろうが、もう一度話してもらえるか」

「身の丈は五尺四寸（約百六十四センチメートル）ぐらいでしたでしょうか。無駄な肉のない、見るからに腕の立ちそうなお侍《さむらい》でございました」

「顔は見ちゃいねえのかい？」

「手拭《てぬぐい》で頰被《ほおかぶ》りをしておりましたし、何と申しましても暗がりでございましたので」

「袴《はかま》を着けていたかい？」

「いいえ」

「着物の色は？」

「黒っぽかったとしか。濃い茶か紺《こん》か、鼠《ねずみ》かもしれません。それくらいしか覚えておりません」

「腕は、相当のもんだそうだな？」

抜き打ちざまに、提灯《ちょうちん》の火袋ごと灯芯《とうしん》を斬《き》り落とした、とお調書にあった。

「あれには身が竦《すく》みました」

「何か気付かなかったかい？　言葉に訛《なま》りがあったとか、足を引き摺《ず》っていたとか」

「特にはございませんでしたが、その辻強盗、済まぬ、と言ったのです」

「済まぬ、か。他には？」

「後は、手前が話し掛けようとすると、何も言うな。言えば、斬らねばならぬ、と」

「何を話そうとしたのだ？」

「紙入れの中に金の細工物で、小さな大黒《だいこく》様の彫り物を入れてあったのです。店の名にちなんだものでして。それだけは返してくれないか、と言いたかったのですが、言えませんでした」

「辻強盗は、大黒様に気付いていたのか？」

「いいえ、袖《そで》に紙入れを差し込み、そのまま中身を空けたので、その場では見ておりませんでした」

「袂《たもと》を引っ繰り返せば、大黒様に気付くって寸法《すんぽう》か」

「捨てていなければよいのですが」

「後生《ごしょう》大事に持っているとも思えねえが、念のためだ。紙にでも、その大黒様を描いちゃくれねえか。大きさも書き添えてくれるとありがてぇ」

「承知いたしました」

吉左衛門が描いたのは、頭巾《ずきん》を被《かぶ》り、袋を担《かつ》いで打出《うちで》の小槌《こづち》を持った、親指の爪《つめ》程の大きさの大黒様だった。米俵の上で足を踏ん張っている姿は、特に珍しいという図柄ではない。

「お店の守り神として肌身離さず持っていたものです。これだけは、どうしても取り戻したいのでございます」

「金むくとなると、捨てずに売るかもしれねえな。手は回しておくが、あまり期待はしねえ方がいいかもしれねえよ」

「何とぞよろしくお頼みいたします」

《大黒屋》を辞した足で軍兵衛は、香具師《やし》の元締をしている蛇骨《じやこつ》の清右衛門《せいえもん》の許《もと》へと向かうことにした。清右衛門には以前、姿を晦《くら》ませた中間《ちゆうげん》と、その男が大名家の納戸《なんど》から盗んだ能面《猩々《しようじよう》》を探してもらったことがあった。

「よろしいんで？」

思わず千吉が訊いたのは、見返りにふたりの半端者《はんぱもの》を小伝馬町の牢獄《ろうごく》から出してやったことを思い出したせいだった。

「また、誰か出してやるとか約束なさいやすと、島村様がよいお顔をなさらないのでは」

「かもしれねえが、あいつに話を通しておくのが、大黒様探しの早道だ。《大黒屋》からは付届を受けているし、ここは島村様に泣いてもらうのが一番なのよ」

内神田を東に横切り、浅草御門を抜け、東本願寺《ひがしほんがんじ》の裏門を左に見ながら田原《たわら》町《まち》の三丁目に出た。

清右衛門が女房に仕切らせている料理茶屋《松月亭《しょうげつてい》》は伝法院《でんぽういん》の裏門近くにあった。

檜皮葺《ひわだぶき》門を潜《くぐ》り、敷石伝いに前庭を行くと、屋号を染め抜いた半纏《はんてん》を身に纏《まと》った男たちが軍兵衛らに気付き、数人近寄って来た。

構わず歩を進め、玄関に行き着くと、奥から見覚えのある男衆が現われた。小《こ》頭《がしら》の得治《とくじ》であった。

「元締でございましょうか」と得治が訊いた。

「そうだが、いなさるかい？」

「生憎《あいにく》でございました。出ておりまして、帰りは夜になろうかと」

「それじゃ、仕方ねえな。また出直すとするが、明日は？」

「外出《そとで》はなかったと存じますが、何とも申し上げられません」

「では、昼頃来てみよう」

「何分元締がおりませぬので、はっきりとはお約束出来かねますが」

「構わねえ。いなければ、また出直すだけだ」

「どのようなご用件か、お伺いする訳には？」

「ここではっきり言わねえのは、気分が悪いだろうが、何、元締をどうこうしようって話じゃねえ。済まねえが、元締に会った時に直《じか》に話させてもらう」

「出過ぎたことを申しました」

「そんなことはねえ。邪魔したな」

男衆に見送られて門を出る千吉が、新黒門町《しんくろもんちょう》の隠れ家がどうなっているか、ちょいと見てみたいって気になりやすが、と言った。

「今日ンところは、行かない方が無難でしょうね」

その家に清右衛門から呼び出されたことがあった。香具師の元締が妾宅《しょうたく》か隠れ家か、ともかく表には出さない類《たぐい》の家に誘ったのであるから、異例のことだったに違いない。万一、隠れ家にいたとして、そこを窺《うかが》ったと知れたら、不在だと言った得治の言葉を疑ったことになる。軍兵衛が隠れ家を知っていることは、得治も承知の上だ。それでもなお不在と言い、隠れ家へ行くようにも言わなかったのは、それなりの事情《わけ》があったのだろう。

「あそこは俺も気になっていたんだが、下手《へた》に動かず、近くで何か美味《うま》いものでも食って帰るとしようぜ」

「へい」千吉が応《こた》えた。

「どこか知らねえか。熱くて美味いものを食わすところをよ」

軍兵衛が、千吉と新六、佐平に訊いた。三人は目を見合わせて考えていたが、

「ございやす」と新六が目を輝かせて言った。


九ツ半（午後一時）。

松枝町《まつえちよう》の蕎麦《そば》屋《寿庵《ことぶきあん》》の前を通り過ぎた浪人が、一瞬ためらった後、引き返し、蕎麦屋に入った。それを見て、

「あっ」と小さく叫んだ男がいた。

裾長《すそなが》の看板（法被《はつぴ》）に草鞋《わらじ》履き。中間の身形《なり》をしたその男は、副島家の中間・岩吉《いわきち》だった。岩吉は、彰二郎が津田の姿を見て嗤《わら》い、逆に打ち据えられた時に草《ぞう》履《り》取りとして従っていた中間であった。

「どうした？」

岩吉に訊いたのは、同じ中間の豊助《とよすけ》だった。ふたりは、彰二郎の兄・大一郎《だいいちろう》の供として、浜町河岸の旗本屋敷まで荷物を運んでの帰りだった。草履取りの中間はひとり居残ったが、ふたりは用が済んだからと、叔父・副島淡路守《あわじのかみ》の屋敷を訪ねている彰二郎の許に回るよう命じられたのだった。

「見付けた……」

「何を？」

「あいつだ……」

「あいつって誰だ？」

「うるせえな、ちょっと黙ってくれ」岩吉が、ひどく真剣な顔をして蕎麦屋を見詰めている。

「誰だか言えよ。じれってえ奴だな」

「話したろう、こないだ、彰二郎様と坂井田様が浪人者にこてんぱんにやられちまったって」

「聞いた、聞いた」

「その浪人者が、あそこの蕎麦屋に入って行ったんだよ」

「間違いねえのかよ？」

「多分……」

「多分ってこたぁねえだろ、頼りねえ野郎だな」

「……いや、やっぱり間違いねえ。あん時の奴だ」

「どうするよ？」

「決めた。おれはここで見張っているから、おめえは大急ぎで淡路守様の御屋敷まで走って、彰二郎様に伝えてくれねえか。岩吉がここで見張っております、とな」

「それだけでいいのか」

「これしか思い付かねえ」

「分かった。任せとけ」

一目散《いちもくさん》に駆け出して行く豊助の後ろ姿を見送りながら、岩吉は物陰に潜んだ。

豊助は柳原通りを横切り、和泉橋を渡り、御徒町《おかちまち》から三味線堀《しゃみせんぼり》方向へと切れ込もうとしていた。淡路守の屋敷は三味線堀の東方にあった。

彰二郎のひとをひととも思わぬ尊大さは、親類中でも知らぬ者はなかったが、ひとり淡路守だけは若さゆえの勝ち気がひとより優《まさ》っているに過ぎぬ、末頼もしき限りよ、と笑って許していた。それがため、彰二郎も何かと言うと叔父の屋敷を足繁《しげ》く訪ね、叔父に甘えていたのだった。

走っている豊助を呼び止める者がいた。神田佐久間町《さくまちょう》二丁目に道場を構える篠原九一郎であった。九一郎は副島彰二郎の父・副島丹後守の庇護《ひご》を受け、道場を構えていた。御恩ある御家の中間が血相《けっそう》を変えて走っているのを見、何事か起こったかと思い、声を掛けたのだ。

「これは、先生……」

豊助は足を止め、篠原と供をしている弟子の酒巻数之助《さかまきかずのすけ》と柴山五郎兵衛《しばやまごろべえ》に頭を下げた。

「何を慌てておるのだ？」

「彰二郎様にご注進しなければならないことがございまして、とにかく急いでるんで」

「淡路守様の御屋敷か」

「左様《さよう》でございます」

「何かあったのか」酒巻が訊いた。

「実は……」

豊助は、浪人と彰二郎の一件を掻《か》い摘《つま》んで話し、今その浪人が松枝町の蕎麦屋にいることを付け加えた。

「其奴を逃がさねばよいのだな?」

「そう言うことで」

「ならば、我らが足止めをしておくゆえ、早《はよ》う彰二郎様にお知らせいたせ」

「ありがてえ。先生が加勢して下さるなら、一安《ひと》心ってもんでさあ」

「分かったから、早う行け」

豊助とは逆の方向に、篠原らも足を急がせた。

和泉橋を渡り、教えられた道を辿《たど》った。目当ての蕎麦屋には、直ぐに行き着いた。

見張り場所を物色《ぶっしょく》していると、中間の岩吉の姿があった。

篠原は弟子のふたりと、そっと近付いた。

「これは、篠原先生。このようなところへ、どうして……」

驚いて問う岩吉に、経緯《いきさつ》は豊助から聞いたと答え、尋ねた。まだ、中にいるのか。

「へい」岩吉が、蕎麦屋の戸口を振り返って言った。

「出て来たら、教えろ」

篠原は岩吉に言うと、酒巻と柴山に、近くに手頃な空き地はないかと訊いた。彰二郎の性格は熟知していた。頃合を見て止めなければ、殺しかねない。人目は避けた方が無難だろう。

「確か、代地脇に明屋敷《あけやしき》があったかと」酒巻が言った。代地とは通りを隔《へだ》てた向かいの松下町《まつしたちよう》一丁目代地のことで、明屋敷は、屋敷換えになり、空き家になった武家の屋敷のことだった。

「庭に入れば、通りからは見えません」柴山が言い足した。

「土塀が崩れている、古い御屋敷でございますか」岩吉が酒巻に訊いた。

「そこだ」

「よし。其奴を引き摺り込むぞ」

「先生」岩吉が、《寿庵》の戸口を指した。声に緊張が漲《みなぎ》っている。

「彼奴《あやつ》か」

岩吉が頷いた。浪人は首筋に手を当て、揉《も》むような仕種《しぐさ》をしてから歩き出そうとした。

「行くぞ」

篠原が酒巻と柴山に声を掛けた。ふたりが飛び出し、篠原が続いた。酒巻と柴山が浪人の行く手に回り込んだ。

「何か……」浪人はふたりを見、背後に目を遣った。篠原が寸分《すんぶん》の隙《すき》も見せずに歩み寄って来る。

浪人の顔に脅《おび》えが奔《はし》った。

「某《それがし》は其処許《そこもと》らに覚えがない。誰かと人違いをしておられるのであろう」

浪人は三人に顔が見えるように、と脇に下がりながら言った。

「貴殿に話がある、と言う御方がおられてな。その方に会ってもらいたいのだ。同道してもらおう」

「某を、どうしようと言うのだ？」

「知らぬ。それを決めるのは我々ではない」

「………」

浪人は、震える手で刀の柄《つか》を握ると、鯉口《こいぐち》を切った。

「止《や》めた方が賢明というものだ。我らには敵《かな》わぬ」

篠原が腰を割り、身構えた。揺るぎのない巌《いわお》のような構えから、並大抵《なみたいてい》の腕ではないことは、容易に見て取れた。

浪人が柄から手を離した。肩が下がった。

「聞き分けがよいな。付いて来い」

篠原が、酒巻に先に立つように言った。

「間違っても逃げようなどとは思わぬことだな。命はないぞ」

篠原は、明屋敷で待つ、と岩吉に合図を送り、浪人を追い立てるようにして、その場を離れて行った。

町屋の者が何人か、事の成り行きを見守っていたが、その者たちも立ち去り始めていた。

通りが静かになった。残された岩吉は、遠ざかる浪人を目で追った。岩吉の目が、大きく見開かれた。何度も浪人の後ろ姿を確かめた。

違う。

あん時の浪人と、顔は似てる。似てるこたぁ似ているが、別人だ。身体《からだ》の動きが、まるっきり違う。

えれえこった。岩吉は蒼白《そうはく》になった。このままじゃあ、大変《てえへん》なことになる。

岩吉は、直《す》ぐにも篠原らを追い掛けようと思ったが、ここで彰二郎を待っていなければならない。やきもきしながら豊助が消えた辺《あた》りを見詰めていると、やがて足音も荒く、彰二郎が駆けて来るのが見えた。供は豊助だけで、坂井田ら供侍の姿はない。どうやら淡路守の屋敷に置き去りにして来たらしい。

岩吉は縋《すが》りつかんばかりに彰二郎を迎えた。彰二郎が訊いた。

「先生は？　あの浪人者は、どこだ？」

「この先の明屋敷でございますが」

「案内《あない》せい」

「はい……」岩吉は、思い切って言った。「申し上げます。彰二郎様、どうやらあっしの見間違いのようでして」

「何だと？」

「似ていたのですが、その……」

「俺が見てくれる。ともかく早く連れて行け」

「へい」

岩吉が先に立ち、通りを走り抜けた。代地を進むと、土塀が崩れ落ちている屋敷の前に出た。

「ここでございます」岩吉が土塀から庭を覗き込んだ。浪人を囲むようにして篠原らが立っていた。「おいでになられます」

彰二郎が、土塀を跨《また》ぎながら篠原に声を掛けた。

気付いた篠原が、彰二郎を出迎えようと数歩歩み寄った。三方から浪人を取り囲んでいた一角に綻《ほころ》びが生じることになった。

その隙《すき》を衝き、浪人が素早く横に飛び、逃走を図《はか》った。

「待て」

反射的に追いすがった酒巻を、浪人の刀が襲った。危ういところで躱《かわ》した酒巻が剣を抜いた。

「斬るな」篠原が叫んだ。

しかし、叫んだ時には、酒巻の剣は浪人の背を捉《とら》えていた。浪人の背が割れ、血飛沫《ちしぶき》が噴き上がった。

「……！」

浪人はたまらず地に倒れた。噴き出した血が行き場を失い、溜《た》まり始めている。

彰二郎が駆け寄り、浪人の顔を覗き込んだ。

「違う。此奴《こやつ》ではない」

酒巻が驚きの声を上げて、浪人を見た。土に爪を立てて、もがいている。

「どういうことだ？」篠原が岩吉に問うた。

「申し訳ございません。似ていたもんで、間違えました」岩吉は地べたに手を突き、額《ひたい》を押し付けた。

「逃げましょう」と篠原が彰二郎に言った。「お手に掛けられたのではございませんが、ここで見付かれば面倒です。御家の名が出ることは避けなければなりません」

その時、篠原の耳が、草が折れ、小石が転がる微《かす》かな音を捉えた。

素早く目を遣った。崩れた土塀から片足を踏み入れ、様子を窺《うかが》っている者がいた。

男は篠原と目が合うと、足を引き、逃げ出そうとした。

「追え」

篠原に命じられた酒巻と柴山が左右に分かれた。柴山は土塀に向かい、酒巻は庭を表の方に走った。男が逃げた方角を読み、先回りしようと試みたのだ。

「彰二郎様、相手はたかが浪人でございます。お気になさりませぬように」篠原は言うと、耳を澄ました。表門の辺りで、人の争う気配がした。

「分かっている。元より気になどいたしておらぬわ」彰二郎は、もう一度浪人の顔を見下ろすと、それにしても、と言った。「間違われて斬られるとは、運のない奴よの」

　間もなくして酒巻と柴山が、町人の腕を捩《ねじ》り上げて連れて来た。柴山が町人の腰を蹴飛《けと》ばした。

　転げ倒れた町人を、彰二郎と篠原らが取り囲んだ。

　彰二郎は刀を抜くと、町人の鼻先に刃を突き付けた。

「このこと、誰にも何も言うな。言えば、殺す。名と住まいを言え」

「小泉町《こいずみちよう》の……多助《たすけ》と申します」

「稼業《かぎよう》は？」

「団子《だんご》を商っております。今はお買い上げいただいた品をお届けした帰りで」

　嘘《うそ》だった。名前も咄嗟《とつさ》に思い付いたものだ。こんな奴らに名前など名乗ったら、何をされるか分かったものではない。

「長生きしたければ、分かっておるな」彰二郎は刃を多助の頬に押し付けた。

「何も見ておりません。誰にも申しません」多助と名乗った男は震え声で応えた。

「それでよい」

　彰二郎は刀を鞘《さや》に納めると、篠原らとともに土塀から去った。

多助と名乗った男は、ほんの少しの間待ってから、彰二郎らの後を追うようにして、土塀の崩れを越えて行った。

すべての人影が消えた後、明屋敷の土塀を跨いだ、もうひとりの男がいた。名を卯三郎《うさぶろう》と言い、髪の半《なか》ばは白く、足を軽く引き摺っていた。若い頃は駕籠《かご》舁きをしていたが、膝を傷《いた》めてからは女房子供の稼ぎを頼りに生きている。

卯三郎の目の下で、浪人の身体が僅《わず》かに動いた。

「……………」

卯三郎は片膝を突き、浪人の肩をそっと揺すってみた。

浪人の目が虚《うつ》ろに開き、唇《くちびる》が震えた。卯三郎は口許に耳を寄せた。

二

昼餉《ひるげ》を済ませた軍兵衛らが、浅草御門を抜け、馬喰町《ばくろちょう》から小伝馬町をゆったりと歩いている時だった。

後ろから慌てて駆けて来る男があった。堅気《かたぎ》のお店者のようだった。天下の大道を走るとは危ないではないか。

千吉が両の手を広げて止めると、男は軍兵衛に気付き、へなへなと地面に座り込んでしまった。

「どうした？　しっかりしねえか」

「旦那《だんな》、人殺しでございます」男が這《は》うようにして軍兵衛にすがりついた。

「先《ま》ず名前を言え。お前さんは、どこの誰だ？」

男は、松枝町の自身番《じしんばん》に詰めている店番《たなばん》で、孝ノ助《こうのすけ》と名乗った。

「落ち着いて、どこで何があったか、話してみな」

軍兵衛に促され、孝ノ助は、松下町一丁目代地に隣接する明屋敷で浪人が斬り殺されているのだ、と話した。

「旦那……」千吉が、思わず軍兵衛の顔を見た。

町方は浪人の捕縛取り締まりは出来るが、武家地である明屋敷の中の事件には手出しが出来ない。平素は留守居《るすい》役の命《めい》を受けた明屋敷番の伊賀者《いがもの》が管理し、事が起こった際は目付《めつけ》か大目付が調べることになっており、町方は支配違いだった。

「明屋敷と言ったが、その屋敷内で殺されたのか」

「だと思います」

「亡骸《なきがら》は、どこにある？　明屋敷の中か」

「それが……」

崩《くず》れた土塀を跨ぐように横たわっている、と孝ノ助は答えた。

「頭はどっちだ？　明屋敷の中か、外か」

ああっと、一瞬考えてから、

「外です」叫ぶようにして孝ノ助が言った。

「よし、町方の仕事だ」

行き倒れの死体が寺社領と町屋を跨いだ形であった場合、頭部つまり首級《しゆきゆう》に重きを置き、その部位のある地域を支配する奉行が始末するように、という命が発せられていた。となれば、頭が土塀の外にある以上、町方が調べても文句を言われる筋合はないはずだった。

「行くぜ」

軍兵衛が孝ノ助の脇に手を入れ、身体を起こした。

牢屋敷の前を通り、火除橋《ひよけばし》を渡り、藍染橋《あいぞめ》を越すと、そこはもう松下町一丁目の代地だった。

「どっちだ？」

孝ノ助が東を指さした。

少し行くと、通りの先に人だかりがしているのが見えた。

近寄らないように、と仕切っている者がいた。

「誰だ？」軍兵衛が千吉に訊いた。

「弁慶橋《べんけいばし》の弐吉《にきち》のようでございます」

「才三《さいぞう》の倅《せがれ》か」

「へい」

元岩井町《もといわいちょう》に住み、弁慶橋一帯を縄張《なわば》りとしている岡っ引だった。親の後を継いで十手《じって》持ちになった男で、先代の才三は評判のよい男だったが、二代目は泥水を啜《すす》っていない分、ひとの機微《きび》に通じていないところがある、と言われていた。

軍兵衛らに気付いた弐吉が、やじ馬を押し退《の》け、進み出て来た。ふたりの下っ引が続いている。

「これは、鷲津の旦那、お出ましご苦労様にございます」

「おう、知っててくれたかい？」

「親父《おやじ》から、あそこを行くのが、悪党にとっては鬼より怖いと言われる鷲津の旦那だ、と教えられましてございます」

「面と向かって言われると面映《おもは》ゆいぜ。で、仏はどこだ？」

「こちらに」

破れた土塀に筵《むしろ》が被せられていた。筵はひとの形に膨《ふく》らみ、端から斬られた浪人の腕がはみ出し、垂れ下がっていた。

爪の間に、乾いた土がこびり付いている。

先回りをした下っ引のひとりが筵を外した。年の頃は三十二、三。浪人には、これと言った特徴はないように思えたが、どこか面差《おもざ》しが津田に似ているような気がして、軍兵衛は一瞬ぎくり、とした。

背の傷口を見た。一刀のもと、袈裟《けさ》に斬られていた。相当の腕であることは、一目で分かった。夥《おびただ》しい血が着物の背を染めていたが、それ以外は特に目立った汚れはないようだった。

「見付けた者は？」

「あちらに」

少し離れたところに髪の半ばが白くなった男がいた。片足を引き摺るようにして、こちらにやって来る。

「卯三郎と申しまして、ここを通り掛かって仏に気付き、直ぐに自身番に走ったそうにございます」

「膝が悪いのか」

「へい」弐吉は、そのために駕籠昇きを辞めたそうで、と続けた。

　軍兵衛は卯三郎を手招きし、何か見なかったか、と訊いた。

「遠かったので人相までは分かりませんでしたが、この辺りから御武家様が走って行かれるのが見えました」

　己のいた位置と、走り去った方向を指さした。

「そして、ここまで来て、仏に気が付いたって訳か」

「左様でございます」

「手を触れたか」

「はい……」

「どうしてだ？」

「まだ息があるかどうか、確かめたのでございます」

「この傷は見えただろう？」

「はい。凄《すご》い血の量でございましたが、ぴくり、と動いたもので」

「息はあったのか」

「微かに」

「何か言ったか」

「消え入るような声で、間違われた、と」

「間違われた、だな？」

「その通りで」

「お手柄だぜ。よく聞いてくれたな」

「お役に立ててなによりでございます」

軍兵衛は弐吉に、明屋敷の庭に入ったかどうか訊いた。

「いいえ」

「入ろうぜ」

「あっしも、ですか」弐吉が言った。

「そうだ」

軍兵衛は、亡骸の脇から庭に入ると、千吉と卯三郎を呼んだ。

少し屋敷に向かったところの土に黒い染みがあった。血の跡だった。

「ここで斬られたようだな」

周りの土には数人の足跡が残っていた。

「走って行った侍だが」と軍兵衛が卯三郎に訊いた。「何人、いた？」

「四、五人かと……」

「全部、侍だったか。中間はいなかったか」

卯三郎が目の玉を大きく剝《む》いた。

「おりました。それに、もうひとり、町人らしいのがおりました。後ろ姿から察するに、お店者ではなく、遊冶郎《ゆうやろう》のようなのでしたが、お侍方の後から出て来て、その男も駆けて行きました」

「どちらへ行った」

「お侍方と同じ方でございます。追っ掛けているようにも見えました」

「侍の仲間だったと思うか」

「それは、どうか分かりかねます」

「そうか」

「旦那」と弐吉が訊いた。「どうして中間がいたとお分かりになったんでございます？」

「見てみろ」

軍兵衛は、苔《こけ》と土の境に残された足跡を指した。草鞋の跡だった。手と膝を突いたのか、四つの窪《くぼ》みがあり、手の部分には指の跡まであった。

「斬られた浪人の爪には土がこびり付いていた。倒れてから苦しがって土を摑《つか》んだのかもしれねえ。だが、袴の膝の辺りには土が付いていなかった。ということは、地べたに手を突いたのは、侍が連れていた中間だった、ってことになるんじゃねえか」

「その中間は、何か不始末をしでかして、土下座して謝っていたんでしょうか」

弐吉が言った。

「この修羅場で不始末って何だ？」軍兵衛が言った。「仏が言い遺した言葉は、間違われた、だぞ」

「中間が、見間違えたのかもしれやせんね」千吉が言った。

「多分な」

軍兵衛は答えてから、卯三郎に言った。

「正直に言ってみな。罪には問わねえ。ここから、浪人の身体を土塀に移したんじゃねえか」

「…………」

「てめえ、やったのか」千吉が詰め寄った。

「俺たちだけの胸に納めておく。本当のことを言え」

「移しました……」

「それは、お前の才覚か」軍兵衛が尋ねた。

「あのご浪人から頼まれたんでございます。このままではろくなお調べもない。犬死にとなるから、と」

「膝が悪いってのに、土塀まで運ぶのは大変だったろう」

「なあに、駕籠に比べれば軽いものでございますよ」

「お前のお蔭《かげ》で、俺たちが調べられるんだ。よくやってくれたな。明屋敷番に任せておいたら、目付に届けも出さず、有耶無耶《うやむや》にしちまっただろうぜ」

軍兵衛は、仏を土塀から下ろし、自身番に運ぶよう弐吉に言うと、

「もう少し付き合ってくれるか」

卯三郎に訊いた。卯三郎は、はっきりと首を縦《たて》に振った。

自身番の畳の上に油紙を敷き、浪人の亡骸を俯《うつぶ》せに寝かせ、千吉に傷口の具合を書き留めさせた。奉行所に戻り、お調書を書くための覚書である。

常《つね》ならば町医を呼び、検死を頼むのだが、背に浴びた一刀が致命傷であること

は明白だったので省いた。亡骸を仰向《あおむ》けにし、袴の帯を解き、脱がせ、着物の前を開いた。四つ折りにした紙片《しへん》があった。千吉が軍兵衛に差し出した。

口入屋の請状《うけじょう》だった。差出人は《相州屋》で、周旋先《しゅうせん》は神田鍋町《なべちょう》の釘鉄銅物《くぎてつどうもの》問屋《三河屋《みかわや》》。浪人の名は、杉山小一郎《すぎやまこいちろう》。住まいは岩本町の《小町長屋《こまち》》と記されている。

「岩本町というと縄張り内じゃねえのか」軍兵衛が弐吉に訊いた。

「隣町ですので、長屋の者すべてを覚え切るってところまでは」

「出来ねえか」

「へい」

「場所は分かるな？」

「大体のところは」

「よし。御新造《ごしんぞう》がいたら連れて来てくれ。大家《おおや》もな」

弐吉が下っ引ふたりを連れて飛び出して行った。

「新六、《相州屋》に行き、駒蔵を呼んで来るんだ。急いでな」

「合点《がってん》でさあ」

新六が猛然《もうぜん》と自身番を飛び出した。

「これで新六の方が先に戻って来たら、あの弐吉って奴は使えねえな」

「たかが隣町だってのに、下っ引をふたりも連れて行きやしたねえ。ひとり行かせりゃ、用は足りるってのに」千吉が首を横に振った。「まだまだ捕物ってものが、分かっちゃいねえんでしょう」

「先代が見たら泣くぜ」軍兵衛が言った。

「旦那……」

杉山の着物を改めていた千吉が、継ぎ接《は》ぎだらけの巾着《きんちゃく》を差し出した。軽い。銭貨が数枚入っているだけらしい。逆さに振ってみた。一朱金が二枚と四文銭が三枚、それに一文銭が二枚、油紙の上に落ちた。二枚の一朱金は前渡しされた賃金なのだろう。

「必死になって生きている者を、人違いで殺しやがったんだ。そんなことがあって堪《たま》るか。許さねえ」

軍兵衛は銭を巾着に仕舞うと、卯三郎の名を呼んだ。

「へい……」外に控えていた卯三郎が、怖々と自身番の戸を開け、首を差し入れてきた。

「よく、土塀の上に運んでくれた。改めて礼を言うぜ。何か不始末をしでかし、御縄を受けそうになった時は、北町の臨時廻《りんじまわ》りの鷲津軍兵衛を呼べ。必ず助けてやる」

「ありがとうございます……」

「何か思い出したことがあった時は、俺か」と言って千吉を指し、「小網町の千吉親分に知らせてくれ」

これは験《げん》直しの酒代だ。ちいっと親分の手伝いをした後、帰りにどこかで飲んでくれ。一朱金を握らせた。

「手伝い、と申しますと？」卯三郎が訊いた。

「仏は橋本町の口入屋で仕事をもらい、神田の鍋町に向かっていた。その途中、松下町一丁目の代地で殺された。通りで騒ぎが起こったという話は聞いていないから、多分脅《おど》されて、あの明屋敷に連れ込まれたのだと思う。大分歩かせちまうんで悪いんだが、親分と一緒に、明屋敷から橋本町に向かって歩き、仏を見掛けた者がいなかったか、逃げたという侍を見た者がいなかったか、聞いて回ってくれねえか。その、侍どもの後から出て来たという町屋の者にしろ、侍どもにしろ、後ろ姿だけでも見ているのはお前さんだけなんだ」

「ようございやす」卯三郎が薄い胸を叩いた。「ご浪人さんのためだ。参りやしょう」

「聞いての通りだ。佐平も連れて、回ってみてくれ」軍兵衛は千吉に言った。

「ここは、よろしいんで？」

「追っ付け新六が戻って来るだろうから、心配要らねえ」

「では」

千吉が佐平と卯三郎を急き立《せ》てているところへ、新六が戻って来た。駒蔵を連れている。

「えらく早かったな」

「そりゃあ、もう。急げと仰《おっ》しゃいやしたからね。脇目も振らず、でさあ」

「つべこべ言ってねえで、《相州屋》さんをご案内しねえかい」千吉が戸の陰で荒い息をしている駒蔵を指した。駒蔵が戸口の中に入ると、

「後は任せたからな」代わりに千吉らが自身番から去った。

「へい……」新六は、訳が分からず、心細げに頷いた。

軍兵衛は、駒蔵を手招きし、

「急がせて悪かったな。早速だが、上がって見てくれ」仏の顔が見えるよう、場

所を空けた。

駒蔵は畳に上がると、亡骸と軍兵衛を見比べ、杉山様でございます、と言った。

「一朱金を二枚持っていたが、賃金か」

「左様でございます」駒蔵は両の掌《てのひら》を合わせてから訊いた。「どうして、このようなことに……？」

「人違いされて、どこぞの侍に斬られたらしい」

「そんな……！　杉山様は温和なご気性で、諍《いさか》いを起こされるような御方ではございませんのに。一体、なぜそのような……」

「暮らし向きの方は、大変そうだな」

「手前どもの店に来られる方で、楽な方などいらっしゃいません。中でも杉山様は、仕官の口があると騙《だま》され、なけなしの金を取られたそうで、内証《ないしょう》は火の車だと思われます」

「そうだったのかい……」

自身番の外にいる野次馬たちが、一斉にざわめいた。弐吉が杉山小一郎の御新造を連れて来たのだろう。

「鷲津様、あの、手前が杉山様に前払いいたしました二朱は……？」

「まさか、返してくれってんじゃねえだろうな」

「ですが、まだお仕事をしていただいておりませんのですよ……」

「そっくりそのまま、御新造に言ってみな」

「言える訳ありません。殺生《せっしょう》でございますよ」

「ならば諦《あきら》めろ。香典《こうでん》だ」

「……………」

軍兵衛は懐《ふところ》から一分金を取り出すと、杉山の巾着に入れた。

「おまえさんだけに香典は出させねえよ」

「旦那には負けました……」

「ありがとよ」

戸が開き、弐吉の後から杉山小一郎の御新造が入って来た。御新造が、亡骸を見せてくれるように、と言った。

畳に上げると、亡骸の枕許《まくらもと》に座り、顔を覗き込んだ。

凝《じ》っと見てから、相違ありません、と軍兵衛に言った。

「杉山小一郎でございます」御新造の手と肩が、泣くまいと堪《こら》え、震えていた。

何と声を掛けたらよいのか、軍兵衛が言葉を探している頃――。

卯三郎とともに聞き込みに走っていた千吉と佐平は、蕎麦屋《寿庵》の主から、杉山小一郎が三人の侍に取り囲まれるようにして、明屋敷の方へ行ったという話を聞き出していた。

「三人とも、がっしりとした、剣の腕が立ちそうなお侍でしたが、それぐらいしか……」

侍の顔立ちまでは覚えていなかった。

「後はこっちでやる。付き合わせちまって悪かったな。ありがとよ」

佐平を促し、歩き出そうとした千吉を、

「待っておくんなさい」と、卯三郎が呼び止めた。「でしゃばるようですが、あのお気の毒なご浪人さんのために、あっしにももう少し働かせて下さい。ちょいとこの辺りを流している駕籠舁きどもに訊いてみやす」

「済まねえな」千吉が言った。「助かるぜ」

その日の夕刻。

軍兵衛は奉行所に戻ると、年番方《ねんばんかた》与力の詰所に島村恭介を訪ねた。

「そっちから来るとは珍しい。何か余程《よほど》のことをしでかした、としか思えぬが」

「お戯《たわむ》れを」

軍兵衛は明屋敷の一件を詳細に話した。

「頼まれて運んだと申したのか」

「はい。お蔭で調べることが出来ます」

「そのようなことはどうでもよい。とにかく今ここでは、運んだ云々《うんぬん》は聞かなかったことにする。亡骸の頭が塀の外にあったので町方で調べている、と御奉行には伝えておく。明屋敷番を支配する御留守居役は老中《ろうじゅう》支配だ。御奉行には、次の評定所《ひょうじょうしょ》の寄合で御老中に話を通しておいてもらおう」

「よしなにお願いいたします」

「倅が出仕《しゅっし》するようになると、ものの言い方が素直になるの。よいことだ」

くさる軍兵衛を尻目に、島村が気持ちよさそうに笑った。

三

一月二十六日。昼四ツ（午前十時）。

《相州屋》駒蔵は、津田仁三郎の顔を見るや、膝立ちするようにして店に迎え入れた。

「昨日は大変だったんでございますよ。杉山様が人違いでお侍様に斬り殺されたのです」

「何……」

杉山小一郎とは一緒に組んで何度も仕事をしたことがあった。御新造に、質素《しっそ》だが心のこもった弁当を作ってもらったこともあった。杉山は表裏のない、清廉《せいれん》な心根の持ち主だった。

その杉山が、人違いで斬られた。まさか、と津田は、血の気の引く思いがした。相手は、私に絡《から》んで来た者たちではあるまいな。

「その相手というのは、誰だか分かっているのか」

「手前には、そこまでは分かりかねますが」

「そうか……」津田は腕を組んだ。「もっと詳しいことを知るには、誰に訊けば教えてもらえようか」

「津田様もご存じの、北町の鷲津様がお調べになっていらっしゃいますから、お訊きになられたらいかがですか」

い方がいい。

訊きたかったが、相手は何と言っても八丁堀である。あまり近しくなり過ぎな
「あの御仁《ごじん》か……」

「そう言えば」と駒蔵が言った。「杉山様の傷口から見て、相手は相当な腕前の者であろうと仰しゃっておられました」

「相当な……」

あの絡んで来た侍たちの腕は、ひどいものだった。すると、私とは関わりはないか。少し様子を見よう。それよりも今は、杉山の御新造だ。

「杉山さんだが、御新造ひとり遺《のこ》されたのでは暮らし向きは立ち行くのか」

「大丈夫でないことは、手前にお尋ねになるまでもないではございませんか」

「やはり、そうか」

「手前も、杉山様とはご縁がありましたので、心許《こころばか》りですが、そっと紙入れに香典と申しますか、入れさせていただきました。ですが、それも葬式を出したり、一時の費《つい》えに消えましょう。やはり、どこかで働かないことには」

「女子《おなご》の働きでは、たかが知れておろうな」

「…………」

「私に、まとまった金になる仕事を世話してくれぬか」

辻強盗をして得た金には、まだほとんど手を付けてはいなかったが、使い道が決まっていた。

「手前どもには、そのような口は……」駒蔵は、首を振って見せた。

「この際だ。何でも、する。きれいの、汚いの、と言ってはおられぬ。それでも、ないか」

「それ程のお覚悟がおありでしたら……」駒蔵は一旦《いったん》言葉を切ると、凝っと津田を見返した。

「あるのか」

「手前から聞いた、と名を出されては困ります。何しろお教えする相手というのが、おっかない御方ですからね。それを守っていただけますか」

「守ろう」

「手を汚すことになります。後戻りは出来ませんよ。よろしいのですね」

「構わぬ」

駒蔵は、息をひとつ、深く吸い込んだ。

「蛇骨の清右衛門という御方がおられます。香具師の元締をしており、江戸の闇《やみ》を牛耳《ぎゅうじ》る者のひとりと言われています。その御方のところへ行けば、金になる仕事をくれるかもしれません」

「…………」津田は身じろぎもせずに、聞き入っている。

「多くの金を手っ取り早く摑むには、裏の稼業で稼ぐしかございません。津田様、あなた様は手前の知っているご浪人様の中でも一、二を争う、真面目《まじめ》なよい御方です。でも、一旦蛇骨の元締の仕事をなさったら、もうここでは働き口を周旋することは出来なくなります。お別れです。それでも、よろしいですか」

「致し方ない」

「……では、どこへ行けば蛇骨の元締に会えるか、お教えしましょう」

津田仁三郎は、《相州屋》を出ると、伝法院の裏門近くにある料理茶屋《松月亭》を訪ねた。

半纏を纏った男衆の姿があった。檜皮葺門の内を掃《は》き清めている。男衆に声を掛けた。男衆が、津田を見て、微かに眉根《まゆね》を寄せた。身形《なり》からして、客とは思えなかった。

津田は男衆に来意を告げた。男衆は硬い表情のまま、暫《しば》く待つように、と言っ

と、男衆から話を聞いた小頭の得治は、清右衛門に一応話を通すことにした。すると、

「会ってみようじゃないか」意外な返事が返って来た。

「よろしいんで？」

「駆け引きするでもなく、ひょっこりやって来るところなぞ、ちょっと面白いじゃないか。会ってみて、損はないような気がするよ」

「では、お通しいたします」

「そうしておくれ」

奥の間に案内されながら津田は、初めて上がる料理茶屋の豪華さに面食らっていた。まるで大名屋敷ではないか。

奥の間で待ち受けていた清右衛門と得治に感じたままを話した。

「私は浪人の子だから、大名屋敷など見たことがないのだが」

「正直な御方でございますな」清右衛門が笑った。

「お恥ずかしい」

笑いを納めた清右衛門は、居住まいを正すと津田を見た。好々爺然《こうこうやぜん》とした風貌《ふうぼう》

を裏切る鋭い目差が、津田を無遠慮に射貫いた。蛇骨の、と恐れられる底知れなさが、そこにはあった。

津田は、清右衛門を静かに見返した。恐れも気負いもなかった。

清右衛門は満足したのか、目の光を消し、穏やかに微笑《ほほえ》んだ。

「手前どものところで働きたい、というお申し出と承《うけたまわ》っておりますが」

「無理を言って済まぬ」

「どうして、ここへ？」

「教えてくれる者がいたのだ」

「どちら様で？」

「名は出すな、と言われておるので言えぬ」

「分かりました。いつもはどのようなお仕事をなさっておいでなのでしょうか」

「荷揚げとか、用心棒とか、そんなものだが」

「それでは足りないので？」

「まとまった金が要るのだ」

「何にお使いになるのか、お伺いしてもよろしいでしょうか」

「困っている者がおってな……」

「そのお話し振りですと、御新造様ではなく、御親戚《しんせき》の方とか」

「いや、そうではない」

「御恩のある方のためでございますか」

「それとも違うな。敢《あ》えて言えば、顔見知りであろうか」

「その方のために使いたい、と？」

「まあ、そうだ」

「成程《なるほど》」清右衛門は得治を見てから、津田に言った。「津田様とは、組めませんな」

「何が気に入らぬのだ。はばかりながら、腕なら立つつもりだ。貧しい出で、道場などには碌《ろく》に通えなかったが、父にみっちり手ほどきを受けた」

「いえいえ、腕前の程は疑いようもございません。それくらい一目で分からねば、こんな稼業はやっておれません」

「では、どうしてだ？」

「私は、己が美味いものを食いたいとか、いい目を見たいと言って来る者は信用します。しかし、ひとのため、という御方は信用しません。悪《わる》は信じますが、善人は信じない、と決めているのです。申し訳ございませんが」

得治が紙に包んだものを津田の膝許にそっと置いた。

「些少《さしょう》ではございますが」と清右衛門が言った。「この蛇骨を見込んでお出《い》で下さいましたお礼でございます」

「受け取れぬ」

「お気を悪くされましたか」

「そうではない。私とて、根っからの善人ではない。ひとに言えぬようなこともして来た。だが、この金はいかぬ。私は元締のために仕事をした訳ではないのだから」

「分かりました」

清右衛門が得治に目を遣った。得治は、では、と津田を促すようにして立ち上がった。だが、津田は座ったまま動こうとしない。

「どうなさいました？」得治が訊いた。

「元締殿に、伺いたいことがあるのだが、よろしいか」

「ご浪人さん」得治の声が尖《とが》った。

「何でしょう？」清右衛門は、得治を手で制しながら言った。

「朝鮮人参《にんじん》についてだが、よいか」

「何を仰しゃるのかと思えば」清右衛門はひとつ笑みを見せると、続きを話すよう言った。

「私のような浪人が求めるとなると、たとえ金子《きんす》を用意しても、極上品は売ってもらえぬとか」

「私もそのように聞いておりますが」

「金は用意する。嘘いつわりのない、滋養《じよう》になる朝鮮人参を売ってくれる店を教えてはもらえぬだろうか」

「どなたが飲まれるので？」

「私の亡くなった娘と瓜《うり》ふたつの子供がおってな。その者に飲ませてやりたいのだ」

「金子は？」

「何とかする」

「何とか出来る額ではございません。津田様は、お困りだったのでは」

「人参を買うと使い果たしてしまうのだ」

「失礼ではございますが、お手許に如何程《いかほど》ございますのでしょうか」

「五両、ある」

「五両では、極上品という訳には参りませんが」

「いや、五両の値打ちのある品なら、それでよい」

「私が、息の掛かった店を教え、二束三文の品を売り付けるとはお考えになられぬのでございますか」

「ひとに元締と呼ばれているのだ。そのような姑息《こそく》なことはすまい」

「津田様は、面白い御方でございますな。話を通しておきましょう」

清右衛門は、津田に店の屋号と場所《ところ》を教えた。

「いつ訪ねたらよいであろうか」

「明日以降でしたら、お好きな時に」

「そうか。済まぬな」

津田を玄関まで見送り、奥の間に戻った得治は、清右衛門に尋ねた。

「元締、あのご浪人様は、なかなか、と見ましたが、どうしてお断りになられたのでしょうか」

「勿体《もったい》なかったねえ。私も久し振りに心が揺れたよ」

「ならば……」

「最初は、これは、と思ったのだが、他人のために金が欲しいという話を聞いて、思い止《とど》まった。その上に人参の話だろう。この御方は私らの稼業に入れちゃあいけない、と分かったんだよ。あの方にも、心の底には何やらもやもやしたものがあるのかもしれないけど、やはり私は根っからの悪と組んでいる方が楽なのさ」

「分かりました。出過ぎたことをお訊きしました」

「いいや。今になって少し悔いているのだよ」

「元締らしくもないことを」

「熱い茶でももらおうかね」

「へい」

得治は手を叩いて男衆を呼ぶと、茶を淹《い》れるように命じ、

「小梅を三粒、忘れるなよ」と言い足した。

清右衛門は、小梅のかりっとした酸《す》い果肉を、殊《こと》の外《ほか》好んだ。

「あれは、津田様じゃございやせんか」

千吉が、男衆に見送られて《松月亭》から出て来た浪人を目敏《めざと》く見付けた。

「違《ちげ》えねえ」軍兵衛が、津田の後ろ姿に首を傾《かし》げた。「妙な取り合わせだな」

「どういたしやしょう？」

尾《つ》けてみようか、と訊いたのである。佐平と新六が、その気になって、軍兵衛の返事を待ち構えている。

「蛇骨に訊いてみよう」

「正直に話すでしょうか」

「あれだけの大物になると、小さな嘘は吐《つ》かねえよ」

《松月亭》の檜皮葺門を潜り、玄関へと向かった。

得治が現われ、昨日の蛇骨の不在を詫《わ》び、上がるように、と言った。千吉ひとりを伴い、奥の間に行くと、蛇骨の清右衛門が下座に座っていた。穏やかな表情を浮かべていたが、目に探るような陰があった。何か隠し事をしているのだろうが、そのことには興味はなかった。

「昨日は」と清右衛門が、軽く頭を下げ、出方を窺っている。こうなると、からかいたくなるのが軍兵衛だったが、我慢して尋ねた。

「ふたりに謝られる程のことじゃねえよ。突然訪ねたこっちの不手際だ。それよりも、ちいと訊きたいことがあるんだが」

「何でございましょう？」清右衛門と得治に、微かな緊張が奔った。

「俺が着く前に、ここから浪人が出て来たが」

「……ご覧になられましたか」

「遠回しな言い方は嫌いだ。あの者が津田仁三郎という名で、口入屋から周旋された勤めをこまめにこなしていることも知っている。気持ちのいい男で、酒も飲んだことがある。何しにここに来たか、話してもらえるかい」

「よろしゅうございますとも。何でもするから使ってくれ、というお申し出でございました」

「使うのか」

「まさか」明らかに、清右衛門に余裕が生まれていた。「私どもは、手堅い商いをしております。腕が立とうが、刀を振り回すだけのご浪人様は」と言って、首を左右に振った。「ご遠慮願っております」

「何よりだぜ」軍兵衛は笑い飛ばすと、真顔になって訊いた。「津田だが、どうして元締のところへ来たのか、何か言ってなかったかい」

「何やら金子が必要だとか、と伺いましたが」

「そうかい……」

「それが、鷲津様の御用の向きとも思えませんが……」

「大事なのは、ここからだ。実はな、また頼みなんだが」

「誰かを探せとか」

「品物だ。大黒様なんだ」

「これはまた」清右衛門が得治を見て、笑みを零《こぼ》した。

軍兵衛は、《大黒屋》吉左衛門が描いた大黒様の絵を見せ、窩主買《けいずかい》を当たり、探してくれるよう頼んだ。故買屋《こばい》のことである。

「ひとりふたりなら、また小伝馬町と掛け合ってもいいぜ」

「今は誰も入っておりませんので」

「ならば、借りか。恐いな」

「無理は、言わぬが花の吉野山《よしのやま》、と申します」

「ご機嫌じゃねえか、元締。俺も今抱えているので手一杯だから、何も言わねえし、訊かねえよ」軍兵衛は、清右衛門を見、得治に目を移し、にやりと笑った。

「旦那には、もっと借りを作ってもらわないと、枕《まくら》を高くして眠れませんな」

軍兵衛は立ち上がり、千吉を促しながら、これからも津田を使わないように、と清右衛門に言った。

「あいつは心根がよいのだ。悪の道を歩かせたくねえ」

「これはまた、ひどい言われようで」

「済まねえが、正直なところだ」

「実は、私もそのように思いまして、お断りしたのでございますよ」

「流石《さすが》、蛇骨の元締だ。俺はお前さんとは生涯仲良くしていたい、と思っている。これだけは忘れねえでくれよ」

「決して」

清右衛門の薄い唇が、小さく開いて、閉じた。

四

一月二十七日。朝五ツ（午前八時）過ぎ。

小網町の千吉は、新六と佐平とともに、北町奉行所の大門裏にある控所にいた。

同心組屋敷から、出仕する軍兵衛の供をして来たまま居残っているのである。町回りに出る軍兵衛に付き従うためであった。それはまた、町屋の者に同心と連れ立って歩く姿を見せ付けるためでもあった。同心と近しいと分かるからこそ、町屋の者は、何かの折りには口を利《き》いてもらおうと、「親分さん」と立ててくれるのである。同心の供をすることは、岡っ引の見せ場でもあった。

門番が控所に現われ、千吉の名を呼んだ。

「外でうろうろしている者がいて咎《とが》めると、鷲津様に御用の者だと言うのだが、見てくれぬか」

「へい……」

「卯三郎と名乗っているが、心当たりは？」

「あります。大ありです」

新六と佐平も、腰を浮かせた。

「てめえたちは、ここで待っていろ」

千吉の姿を見て、卯三郎の顔が笑み割れた。

「ありがてえ。どうも奉行所《ここ》はおっかなくて、落ち着かねえですよ」

大声を上げた。

「静まれ」すかさず門番が一喝し、卯三郎は首を竦めた。

「どうした？　何か思い出したことでもあったのかい」千吉が訊いた。

「思い出したどころじゃねえんですよ。侍の後から駆けて行った男がいた、と申し上げてたんですが、そいつの正体が分かったんですよ」

「待ちねえ。旦那に直《じか》に話してくれ」

千吉は卯三郎を伴って玄関へ行くと、受付をしている当番方の同心に軍兵衛の名を告げた。

「急ぎの御用でございます。至急、お目に掛かりたいのでございますが」

「待っておれ」

同心は直ぐに立ち上がると、臨時廻り同心の詰所の方へと姿を消した。

間もなくして軍兵衛が玄関口に現われた。急ぎとは、何だ？

千吉は、卯三郎の言葉を軍兵衛に伝えた。軍兵衛は千吉と卯三郎を玄関脇に招き寄せると、そいつは誰だ、と卯三郎に訊いた。

「名は欽治《きんじ》。便《たよ》り屋をしております」

便り屋は、江戸市中に便りを届けるのを専《もっぱ》らとする飛脚屋《ひきやく》であった。

「どうして分かった？」

「野郎の後ろ姿を見て、どこかの誰かに似ているな、とは思ったんですが、何しろ、ちらっと見ただけだったもので、はっきりとは申し上げられなかったんでございます。ですが、気になったもので、昔の駕籠屋仲間に訊き回ったんでございます。誰か慌てた素振《そぶ》りの奴を見掛けなかったか、と。するってえと、あの日の昼、泡ぁ食って駆けて行く欽治を見掛けたってのがおりまして、そうか、あの後ろ姿は欽治だったか、と合点《がてん》したって訳で」

「よく訊き出してくれたな。礼を言うぜ」

「とんでもないことでございます」

「それで欽治の住まいだが、知っているか」

「さあ、そこまでは……」卯三郎が申し訳なさそうに頭《こうべ》を垂れた。

「いやいや、大手柄だ。後はこっちで調べる。大助かりだぜ」

軍兵衛は、袖口に手を入れて一朱金を取り出すと、卯三郎の掌に握らせた。

「これで酒でも飲んでくれ。それからな、何かまた気付いたことがあったら、知らせてくれ。頼むぞ」

卯三郎は、一朱金を握り締めた掌を額に押し当てると、何度も頭を下げて帰って行った。

「便り屋と言えば、葭町《よしちょう》か」と軍兵衛が千吉に訊いた。「近いな」

北町奉行所から葭町までは十一町（約一千二百メートル）程であった。

「《鈴屋《すずや》》に行けば、欽治の当たりは付くと存じやす」

「流石によく知ってるな」

「目と鼻の先のことでございやすから」

小網町から葭町までは三町（約三百三十メートル）も離れていない。千吉にとっては、縄張りの内も同然である。

「行くぞ」軍兵衛が言った。


軍兵衛に千吉、そして下っ引のふたりと中間の春助らは、常盤橋《ときわばし》御門を通ると、金座を左手に見ながら真っ直ぐ東に向かった。そのまま歩を進め、伊勢町堀に突き当たったところで南に折れ、荒布橋《あらめ》、親父橋と渡って葭町に出た。

朝のキンと張り詰めた大気が気持ち良かった。深く息を吸っていると千吉が、あそこでございます、と紺の長暖簾を指さした。白く《鈴屋》と染め抜かれていた。

三度飛脚の大店の次男が、暖簾分けして興《おこ》したのが、この便り屋だった。

江戸市中を北と南と中の三つに分け、北は浅草馬道《うまみち》に、南は芝《しば》に、そして中は葭町に店を構えている。全ての文《ふみ》は一旦本店である葭町に集められ、そこで宛先ごとに分けられる。その後は北と南、そして中の店から配るというやり方を採っていた。

便り屋は、文籠《ふみかご》を結《ゆ》わえた肩棒の先に風鈴を吊《つ》るしているのが目印で、走る姿が鯔背《いなせ》だから、と若い女には評判の仕事であった。

「御免よ」千吉が暖簾を分けて店に入った。

「これは、これは、親分さん」

出迎えた番頭が、千吉に続いて入って来た軍兵衛を見て、慌てて頭を下げ、千吉に尋《たず》ねた。

「何か……」

「店先《ここ》じゃ話も出来ねえ。そっちに行こうか」軍兵衛が、奥へと抜ける土間を顎《あご》で指した。

「はい」

番頭は目で人数を数えると、手代に茶を言い付け、内暖簾を潜った先にある縁台を手で示した。手入れの行き届いた中庭を前にした、使いの者の休み所だった。

「他でもねえ」と軍兵衛が言った。「欽治ってのに、ちょいと訊きたいことがあってな。ここにいるかい？」

「欽治、でございますか。少々お待ちを」

番頭は店に戻ると、暫くして茶の用意をした手代とともに現われた。

手代が茶を置き、下がるのを待って、

「分かりました。欽治は浅草馬道の店の者でございました」と言った。

「馬道に行けば会えるんだな」

「いいえ。そりゃ、駄目でございます」

「どうしてだ？」

「辞めたんでございますよ。もう二年になるようでございます」

「どこにいるか、分からねえな」

「いいえ。分かっております」

軍兵衛の額に青い筋が浮いたのを見て取った千吉が、間に割って入った。

「番頭さんよ。手短《てみじか》に頼めねえか。欽治はどこにいるのか、話してくんな」

「文使い屋に鞍替《くらが》えしたという話でございまして……」

文使い屋をご存じで。番頭は言葉を切って、千吉の反応を見た。

「てえっと、吉原《よしわら》か。《ともえ屋》だな」

《ともえ屋》が吉原の文を一手に引き受けていた。

「はい」番頭がつまらなさそうに答えた。

「分かった」

千吉が応えている後ろで、佐平が新六に文使い屋というのは何か、と訊いていた。

「吉原の遊女《なかもん》だけが使う便り屋だよ」

花魁《おいらん》たちは昼見世と夜見世の間に暇があるので、客に文を出すんだ。今夜、来て下さいね、ってなもんだ。

「ところが、遊女からの文だ。表から堂々と手渡す訳にもいかねえし、他の者の目に触れさせる訳にもいかねえや。そんで、便り屋の中でも目端《めはし》が利いて、口の堅いのが、誘われて鞍替えするって寸法だあな」

「吉原相手だけじゃ、そんなに仕事はないんじゃねえんですかい」

「ところがどっこい、出す文の量が半端じゃねえ。仕事はいくらでもある。その上、出す者、受け取る者両方からご祝儀《しゅうぎ》が入る。かなり稼げるって話だぜ」

「成程……」

感心している佐平に千吉が、さっさと茶を飲んじまえ、と言った。

「油売ってる暇はねえぞ」

軍兵衛らは浅草御門から浅草寺《せんそうじ》を抜け、日本堤《にほんつつみ》へ向かった。堤に歩を進め、見返り柳《やなぎ》を目印に、衣紋坂《えもんざか》を下る。下った先が吉原大門で、この両側に編笠茶屋《あみがさぢやや》と呼ばれる茶屋が並んでいた。

かつては顔を隠したい遊び客は、ここで百文《くろくせん》を渡して編笠を借り、帰りに編笠を返し、釣りの六十四文を受け取った。つまり、三十二文で顔を隠していたということになる。だが、昼遊びをする客が減るに従い、編笠を使う者も少なくなり、この頃は編笠茶屋を表看板にする店はほとんどなかった。

文使い屋の《ともえ屋》は、大門の間近であるこの通りに店を構えていた。

ともえ、とのみ記された暖簾を潜ると、店の中が静まり返った。八丁堀の姿を見て警戒したのである。今、この時、悪さをしていようがいまいが関係なく、同心を見て反射的に首を竦め、身を硬くしたのだ。この手の稼業の者のならいとは言え、気持ちのよい応対ではない。亀か、と言いたいのを我慢して、

「主はいるか」と軍兵衛が訊いた。

「へい」

奥から、首の長い、細身の男が出て来た。主の名は、五兵衛《ごへえ》。姿は鶴《つる》に似てい

た。

「この商売は、千年も万年も栄えそうだな」

「へ……？」五兵衛は、軍兵衛の言葉の真意を測りかね、作ったような笑みを浮かべた。

「二年前に、便り屋から文使いになった欽治というのに会いたいんだが」

「何かしでかしたのでございましょうか」

「何もしちゃいねえはずだ。ちい、と話を訊きてえんだよ。ことによったら、ご褒美が出るかもしれねえ」

「左様で。ですが、昨日も今日も顔を出さないのでございます」

浪人・杉山が殺されたのは二日前である。欽治は、その日以来、出て来ていないことになる。

「欽治の住まいを教えてくれねえか」

「よろしゅうございます」

山谷堀《さんやぼり》に沿った新鳥越町《しんとりごえちょう》一丁目にある《土鍋《どなべ》長屋》が、欽治の塒《ねぐら》だった。ありがとよ。礼を言って出ようとすると、五兵衛が軍兵衛を呼び止めた。

「今行かれても、多分おりませんですよ」

「それは、こっちとしても仕事に差し障《さわ》りがございますから」

「奴《やっこ》さんは、小金を貯《た》めてたか」

「そんな心掛けのいい男ではございません」

「ならば、近いうちに出て来るだろう。そしたら、北町の臨時廻り・鷲津軍兵衛を訪ねるように伝えてくれ。俺のことだ」

「承知いたしました」

帰りに《土鍋長屋》に寄ってみたが、やはり欽治はいなかった。大家に、どうして《土鍋長屋》と言うのか、と訊くと、長屋が建てられた頃、木戸の上になぜか土鍋が載っかっていたかららしい。

「つまらない話で」と大家が言うので、「まったくだ」と答えておいた。

「見に行ったのかい」

五

その日の夕七ツ（午後四時）。

鷲津周一郎は、四日前と同様、牢屋見廻り与力からの言伝《ことづて》を同心に伝えるため、小伝馬町の牢屋敷に立ち寄ったところだった。この後は組屋敷に帰るばかりだ。

鉄砲町、大伝馬町、堀留町《ほりどめちょう》を通り、道浄橋《どうじょうばし》を渡り、伊勢町に出たところで、

「もし」

浪人風体の者に呼び止められた。にこやかに笑い掛けて来る浪人からは、悪意
は読み取れなかったが、相手が誰だか分からなかった。

「何か……」

「やはり、お手前だ」

「はい？」

「ほら、鉄砲町の通りで、私が落とした紙を拾《ひろ》って下さった……」

あの時の。周一郎は合点して、改めて辞儀をした。

「これは、これは」

浪人も頭を下げながら、今、荷揚げの仕事が終わったところなのだ、と言っ
た。

「あの紙は、雇い主に宛《あ》てた大切な請状でしてな。あれがなければ、往生《おうじょう》する
ところでした。これから団子でも食べようと思っていたのだが、いかがかな、お

付き合い下さらぬか。先日のお礼と言っては何だが」

武士たる者、務めの途中、外で物を食すのは不心得ではないか、とも思ったが、ひとの好《よ》さそうな浪人の顔を見ていると、無下《むげ》に断るのも礼を失するような気がした。

「では、少しだけ」

「おお、ありがたい」

浪人は歩き出そうとして、名乗っていないことに気付いたらしい。

「拙者《せっしゃ》、津田仁三郎と申す」

「私は鷲津周一郎と申します」

(鷲津……)

津田は声には出さず、まさか、と口の中で呟《つぶや》いた。

(あの八丁堀同心の……)

近親者か。ひょっとすると、息子かもしれぬ。しかし、問うのはためらわれた。周一郎の顔に軍兵衛の面影《おもかげ》を探してみたが、しかとは分からなかった。

(同姓の者であろう)

そう思い込むことにした。もう会うこともあるまい。

「ここです」

津田が案内した団子屋は、屋台店だった。屋台の裏手に材木が野積みされており、そこに腰掛けて食べるらしい。

津田が団子を四本注文した。焼けた団子を醬油《しょうゆ》に浸《つ》け、もう一度炙《あぶ》ると出来上がりである。

「十六文、いただきます」団子屋の親父が言った。

「おう」

津田が袂《たもと》に手を入れ、銭貨を掻き集め、掌を広げた。四文銭が四枚と一文銭が二枚、その他に、金色に光るものがあった。

津田が驚いたように見詰めている。周一郎は、動きを止めた津田に気付き、相手の掌を覗き込んだ。

小さな金細工の大黒様が載っていた。津田が周一郎を見た。周一郎も津田を見た。

「こんなものが入っていた……」

「ご存じなかったのですか」

「…………」

辻強盗を働き、取り上げた紙入れの中身をそのまま袂に空けた。その後、すべて出して金子を数えた。遺漏《いろう》はなかったはずだった。だが、ひょっとしたらあの時、袂の縫い目にでも詰まるかして、見落としてしまったのかもしれない。

「誰かが入れてくれたのかもしれませんね。縁起物《えんぎもの》として」

「縁起が、いいのか悪いのか……」

「大黒様です。悪い訳がありません」

「……そうですな。いや、仰しゃる通りですな」

津田が、食べましょう、と言って、裏に回って材木に腰掛けた。周一郎も並んで腰を下ろした。

もちもちとした美味《うま》い団子だった。

「これが一日の楽しみなんですよ」

津田は、嬉《うれ》しそうに言うと、もう一度先日の礼を言い、中ノ橋を渡って帰って行った。

周一郎は、口の周りを掌で拭き、組屋敷のある八丁堀へと急いだ。

間もなくして、中ノ橋を渡った津田の姿が、堀留二丁目に現われた。

だった。

津田は、薬種問屋《高麗屋《こうらいや》》を訪ねていた。蛇骨の清右衛門が教えてくれた店だった。

「お話は承っております。さ、こちらへ」番頭は丁寧な物腰で桐《きり》の箱を取り出し、中に収めた人参を津田に見せた。

人参は、小さな芋のような大きさだったが、ひげが沢山出ていた。

「五両でよいのか」

「結構でございます」

「よい品のようだな」

「それは勿論《もちろん》にございます」

津田は、懐から紙入れを出し、番頭に金を渡した。人参の箱を懐に入れ、挨拶《あいさつ》もそこそこに店を出、橋本町の木戸番小屋へと急いだ。

乙吉と浪が戸を閉《た》て掛けているところだった。木戸番小屋の夜が始まるのだ。

津田は、ふたりに声を掛け、懐のものを取り出した。桐の箱に、乙吉と浪の目が注がれている。

「博打《ばくち》で大儲《もう》けをしたのだ。持っていても、酒に消えてしまうでな、人参を求めて来た。お種坊に煎《せん》じて飲ませてやってくれ」

差し出した箱を押しいただく乙吉の目から涙が粒になって落ちた。浪も手拭《てぬぐい》を目の縁《ふち》に押し当てている。

「では、な」

急ぎ足で木戸番小屋を離れる津田の背に、乙吉と浪が掌を合わせている。

通りすがりの男がふたりに目を留めた。男は一瞬怪訝《けげん》そうに首を捻《ひね》り掛けたが、さして興味を引かれなかったのか、直ぐに背を向け、勢いよく路地に飛び込んだ。

目の前に、振り売りの笊《ざる》があるのに気付いた時には遅かった。笊に盛られた浅蜊《あさり》の佃煮《つくだに》を路地にぶちまけてしまった。

「どこに目を付けていやがるんだ」振り売りの子供が、怒鳴り声を上げた。「どうしてくれるんだよ」

豆松だった。この日は売れ行きが悪く、路地から路地を回っても、大量に売れ残っていたのだ。このままでは稼ぎが出るどころか、足が出ちまう。

「てめえこそ、ちょろちょろしてんじゃねえ。気を付けろ」

豆松は、立ち去ろうとする男の足に、必死でしがみ付いた。

「何をしやがるんでえ」

「逃がすか」

「何だと」

「これじゃ、売り物にならねえじゃねえか。何とかしてくれよ」

「ぼんやりしていたてめえのせいだろうが」

「金を払えよ。買い取れよ」

「うるせえ」

男は豆松を振り解《ほど》き、蹴飛ばすと、

「ほれ、これで文句はねえだろ」

小銭を投げ付け、走り去って行った。

僅かな銭だった。が、ないよりはましだった。一枚一枚、目を皿のようにして探した。

悔し涙が頬を伝った。

ちくしょう……。口に出して呟きながら、銭を探した。

第三章　三本杉

一

一月二十八日。朝五ツ（午前八時）。

与力《よりき》の出仕《しゆつし》の刻限は、昼四ツ（午前十時）だったが、年番方《ねんばんかた》与力の島村恭介は、同心《どうしん》の出仕の刻限に合わせ、朝五ツには奉行所に姿を見せていた。

早出の理由はひとつ。定廻《じようまわ》り、臨時《りんじ》廻り、それに探索に加わっている風烈《ふうれつ》廻りの同心を定廻り同心の詰所に集め、闇鴉《やみがらす》捕縛の士気を鼓舞《こぶ》するためであった。

その席に、ひとり例繰方《れいくりかた》同心の宮脇信左衛門《みやわきしんざえもん》を認めた軍兵衛が、何ゆえここにいるのか、と尋ねた。

「島村様からお声が掛かりましてございます」

「今のところ出番はねえだろうに」

妙だな、と呟《つぶや》きながら軍兵衛が、宮脇の膝許《ひざもと》に目を留めた。お調書《しらべがき》の束が置かれている。

「何か見付けたのか」

「後でお話しいたします」

軍兵衛が加曾利を呼んだ。

「何だ？」加曾利が宮脇を挟《はさ》んで腰を下ろした。

「信左が何か見付けたらしいぞ」

「本当か」

「ですから、後でお話しいたします」

「どうして、何か見付けたら直《す》ぐ俺に言わぬ」加曾利が絡《から》んだ。

「直ぐにお話ししたくとも、気付いたのが一昨日なのです」

「昨日があったではないか」

「私だって、遊んでいる訳ではございません」

「そう怒るな。冗談だ」

加曾利が宮脇の肩を叩《たた》いているところに、島村が詰所に現われた。島村は、軍兵衛と加曾利、それに宮脇の三人をちらり、と見ると、軽く咳払いをしてから着座した。

「皆に集まってもらったのは、他でもない。闇鴉が一件についてだ」

島村は奉行所の威信《いしん》に懸けても、早急に捕縛するよう言葉を重ねてから、宮脇の名を呼んだ。

「宮脇が、闇鴉が狙《ねら》うお店《たな》には偏《かたよ》りがあるのではないかと申しておる。宮脇、話すがよい」

「では」

宮脇は、皆の方へ向き直ると、居住まいを正し、これまで押し入ったと目《もく》されるお店の場所を並べ立てた。

「すべて、近くに土手か堤、もしくは林などのあるお店でございます。逃げ道を作っておいたという証《あかし》があるのは、《松前屋》だけですが、恐らくそれ以前の盗みの時も、同様の罠《わな》を仕掛けていたのではないか、と思われます。つまり、罠を張っておけるお店にのみ、押し入っているということです。そこになぜ思いが至らなかったのか、忸怩《じくじ》たるものがございますが、これからは町屋に囲まれたお店ではなく、土手や林の近くを回られたらよかろうかと存じます」

「《松前屋》以前の三件についても、もう一度調べてみよう。まだ何か罠の痕跡《こんせき》が残っているかもしれぬ」

　軍兵衛の言葉に、宮脇が応《こた》えた。

「昨日、回って調べて参りました。恐らく逃げる時か、その後で取り払ったのでしょう。何も残ってはおりませんでした」

「それが昨日か。確かに遊んじゃいねえな」加曾利が唸《うな》った。

「だが、残っていねえってことは、ひょっとしたら、信左の読みが違っているかもしれねえってことでもあるな」

　軍兵衛が言った。

「それは、そうですが……」宮脇が声を詰まらせた。

「だが、俺は信じるぜ」軍兵衛が言った。「信左の読みをよ。信左の読みは、外れたことがねえからな」

　宮脇が、僅《わず》かに胸を反《そ》らせた。

　それを見て島村は、おもむろに口を開いた。

「今は、他に手掛かりもない。宮脇信左の読みで動いてみよ。よいな」

　ご苦労であったな。島村は宮脇を労《ねぎら》い、退席するよう促した。宮脇は手早くお調書の束を纏《まと》めている。島村は、居並んだ同心たちに、早期の捕縛を心せよ、と言葉を重ね、詰所を出て行った。

「取り敢《あ》えず、不味《まず》い茶でも飲むか」

加曾利に促され、臨時廻りの詰所に戻ろうと、定廻りの詰所を出たところで、廊下の奥を横切って行く周一郎に気付いた。綴《と》じ紐《ひも》の傷《いた》んだお調書の補修をするのだろう。大量のお調書の束を抱えている。

軍兵衛にも覚えがあった。出仕して間もない、まだ仕事のイロハも分からぬ無《む》足《そく》見習の頃は、南北両奉行所の与力同心に挨拶《あいさつ》して回る他は、使い走りやお調書の補修が主な仕事であった。そうこうするうちに、奉行所内の部屋割りを自然と覚え、一通り御役目と係が結び付くようになる。その頃には、手当の出る見習に昇格する。見習になれば、二日出仕して一日休みの勤務となる。月が過ぎ、二月に入れば、周一郎も晴れて無足の二文字が取れるのである。

周一郎が立ち止まった。誰かと話している。内《うち》与力の三枝《さいぐさ》幹《みき》之《の》進《しん》だった。

周一郎が楽しげに笑っている。歯がこぼれた。

間もなくして、丁寧に挨拶すると、周一郎がこちらに歩いて来た。三枝が見送っている。軍兵衛は物陰に隠れ、三枝が姿を消すのを待って、周一郎を呼び止めた。

「何を楽しげに話していたのだ？」

「『どうだ、慣れたか』『何とか、足手まといにならぬように頑張っています』『そうか』というような話です」

「あまり馴《な》れ馴れしく話すなよ」

「はあ……」

「あの方は、去る方だ。別れる時、寂しくなるからな」

生涯同心を務める軍兵衛らと異なり、三枝幹之進は御奉行の子飼いの家臣である。奉行が交代すれば、ここを去らねばならない。そのことに気付いたのか、周一郎は頷《うなず》いて見せた。

「はい」

「それに、ここは奉行所だ。白い歯は見せるな」

周一郎と別れ、臨時廻りの詰所に入ると、加曾利が茶を淹《い》れて待っていた。湯飲みを軍兵衛の前に押し出しながら、やはり、と言った。親だな。

「心配か」

にこやかに笑っている。見透《みす》かしたような面《つら》をしやがって、気に入らねえ。

加會利の長男・大三郎《だいざぶろう》の初出仕の頃を思い出そうとした。

確か十三の歳に無足見習になって六年。今は十九歳になっているはずだった。

それ以上のことは、よく思い出せなかった。

あの頃の俺は、同僚の息子が初出仕しようと、全く関心がなかった。

俺も、加會利も、五十三歳になるが、倅《せがれ》が二十五にもなったら、隠居し、代を代わらねばならないだろう。代わらねば、親が死ぬまで倅の身分は本勤並《ほんづとめなみ》のままだ。残る月日は、加會利が六年、俺が……十二年か。

長いようで、短い……のかもしれぬな。

茶に手を伸ばした。まだ朝っぱらなのに、出涸《でが》らしのような茶だった。

我慢して飲んでいるところに、三枝が顔を出した。

「ここに、おったか」と軍兵衛を見て、何やらほっとしている。

「いかがなさいました？」加會利が横から訊いた。

「直《ただ》ちに、使者の間に来てくれ」目は、軍兵衛から離れない。

使者の間とは、玄関を入って左側にある応接の間である。とすれば、誰かが訪ねて来たということだ。町屋の者ではないのは明白だ。町屋の者ならば、そもそも三枝が呼びに来ることなどない。手隙《てすき》の同心に命ずれば事は足りる。今、この時、三枝自ら来訪を告げる者と言えば、考えられるのは……。

「承知いたしました」

加曾利は、なおも訝《いぶか》しげな視線を三枝に向けている。

「どなたがお見えになられたのですか」

三枝は、それには答えず、軍兵衛に、急ぐようにと言った。

使者の間には、島村とともに、眼窩《がんか》の窪《くぼ》んだ、ひどく険《けわ》しい顔付きをした武士がいた。

三枝に続いて使者の間に入ると、相手は目だけで軍兵衛の姿を追った。

「鷲津軍兵衛、参りました」軍兵衛は、敷居の内側に座り、軽く会釈《えしやく》して見せた。

「明屋敷番組頭《あけやしきばん》・柘植石刀《つげいわと》でござる」武士が名乗った。

伊賀者か。明屋敷は、公儀《こうぎ》伊賀者が取り仕切ることになっている。

「柘植殿はな、例の浪人が斬《き》り殺された一件についてお尋《たず》ねに見えたのだ」と島村が言った。「そなたが知ることは、すべて話して差し上げるように」

「包み隠さずお話しいただけると、ありがたいですな」柘植が言った。

「隠すようなことは何もございませんし、そのような気も毛頭《もうとう》ありません。何でもお答えしますゆえ、お尋ねくださいし」

「土塀に亡骸《なきがら》が載っていた、という話ですが、実《まこと》ですかな」

「頭を屋敷の外に出して、上手《うま》いこと事切れておりました」

柘植の眉《まゆ》が、微《かす》かに動いた。

「庭が踏み荒らされており、血の痕《あと》もござった。土塀まで誰かが運んだのではないか」

「誰が、そんな物好きなことをします」

「例えば、お手前が……」

「番屋の者にお尋ねになりましたか」

「訊《き》きました」

「でしたら、お分かりでしょう。私が駆け付けた時には、確かに土塀の上にありました」

「其《そ》の方が移したのではないのだな」三枝が脇から口を出した。

「そんな面倒なことをしますか。中で死んでいれば、支配違いでこちらは仕事の手間が省《はぶ》けます」

「そのこと、鷲津殿から直《じか》に伺いたかったのです。それならば、よいのです。万が一にも移したとなると、伊賀者に対して含むところがある、と勘繰《かんぐ》らざるを得ませぬからな」

「そんなものはありゃしませんが、調べたいことがあるんで、中に入りたいのです。お願い出来ますか」

「お断りいたす」柘植が、言下《げんか》に拒絶した。「もし勝手に入られた時は、我らが御役目をないがしろにするものとして、断固排除させていただく」

「それが明屋敷番の総意ですか」

「いかさま」

「何でそんなに頑《かたく》ななんですか」

控えよ、軍兵衛。島村が言った。柘植殿にも、立場というものがおありだ。

「ひとがひとり殺されてるんだ。そんな時に、立場も何もないでしょう。第一、何で土塀を崩れたまま放《ほう》ってあるんですか。崩れていなければ、そもそも曲者《くせもの》も中に入れなかったはずではありませんか」

「御普請《ごふしん》奉行には、大分前から上申いたしておるのだが、一口に明屋敷と言っても沢山《たくさん》ある。順番が来ないのだ」

柘植は苦虫《にがむし》を嚙《か》み潰《つぶ》したような顔で言った。

「失礼だが、そちらも、崩れた土塀から何者かが入り、中でひとり殺されていたとあっては、始末に困るのではないですか。こっちは文句も言わずに調べているんだから、礼のひとつも言っていただきたいものですな」

「口が過ぎるぞ」三枝が、強い口調で言った。

「とにかく、伊賀の衆とは付き合いたくありませんな。足を踏み入れようとは思いませんから、ご安心ください」

「しかと、承《うけたまわ》った」

「二年程前、四ツ谷の西念寺《さいねんじ》に北町の手先の者が訊きに入ったら、猫の子のように首根っこを摘《つま》まれて外に放り出されたことがありました。何も変わってはいない、という訳ですな」

「西念寺は服部半蔵《はっとりはんぞう》様が建立《こんりゅう》された我らにとって格別の場所、町方が泥棒猫のように入り込めば相応《そうおう》の措置《そち》をとる。当たり前のことでござろう」

「かもしれねえ。が、俺の間尺《ましゃく》には合わねえな」

「それで結構」

柘植は憤然《ふんぜん》と立ち上がると、案内の者を置き去りにする勢いで帰って行った。

三枝が、軍兵衛から島村に視線を移した。島村がおもむろに口を開いた。

「付き合いたくない、とは、よう言うたものよ」

「どうにも我慢が出来なくて、申し訳ございませんでした」

「謝る必要はない。同じ思いだ。儂《わし》も、三枝殿もな」

軍兵衛は島村と三枝を見た。三枝が、ひとつ呼吸を置いて、頷いた。

軍兵衛は思った。

少しぐらいなら、周一郎と話をさせてやってもよいか。

二

同日、五ツ半（午前九時）。

軒《のき》を掠《かす》め、暖かな日差しが障子に斜めに射《さ》している。掃《は》き清められた畳は氷のように冷たかったが、これから始まる一日を凛《りん》と支えているようで、心持ちがよかった。

故押切玄七郎《おしきりげんしちろう》の娘・蕗《ふき》は、いつもの場所に座り、八重《やえ》と並んで裁縫《さいほう》道具を広げた。奥様が床の間を背にし、八重、蕗の順で並ぶ。手許が明るくなるように、外に向かって座るのである。

蕗の手許から指ぬきが落ち、ころころと転がった。それは丸く円を描いて、また蕗の手許に戻って来た。

「まあ」八重が、いかにも楽しそうに笑った。釣られて蕗も思わず笑ってしまった。

鹿皮の、奥様お手製の指ぬきだった。

——これをお使いなさい。

まだ御屋敷に上がったばかりの頃にいただいたお品だった。その時に、へらもいただいた。象牙《ぞうげ》で出来た、とてもよいお品だった。勿体《もったい》なくて、身が縮まってしまったことを、昨日のことのように覚えている。

縫《ぬ》い掛けの袷長襦袢《あわせながじゆばん》を広げているところに、奥様がお見えになった。

「旦那《だんな》様が早く出られると、その分早く片付いて、助かりますね」

「まあ奥様」

八重が、蕗を誘うようにして笑った。

八重は、昨年の暮れ頃から前にも増してよく笑うようになった。縁組が調《ととの》ったのだ。

相手は、南町奉行所の養生所《ようじようしよ》見廻り同心・七重十五郎《ななえじゆうごろう》の嫡男《ちやくなん》・十郎《じゆうろう》。養生所見廻りは、小石川白山《こいしかわはくさん》にある養生所に事務方として詰め、施療所《せりょうじょ》の管理を司《つかさど》る仕事である。

八重の父は、北町奉行所の牢屋《ろうや》見廻り同心・橋本矢八郎《はしもとやはちろう》で、囚獄《しゅうごく》・石出帯刀《いしでたてわき》配下の牢屋同心の監督を御役目としていた。周一郎が牢屋見廻り与力の言伝《ことづて》を伝えに行く相手でもあった。

――その御方《おかた》に不満があると言うのではないのですが……。

嫁《とつ》ぎ先が決まったと打ち明けた時、八重は困ったような顔をして、蕗を見た。

――分かるでしょ？

――何がでございます？

――分かりません？

――はい……。

――名前……。

――七重様のですか……。

と言って、あっ、と蕗が口許に手を当てると、そうなのよ、と八重が頷いた。

――七重家の嫁・八重だなんて、太田道灌《おおたどうかん》の話でもあるまいし、『実のひとつだに無きぞ悲しき』みたいで、なんだか嫌だわ。だから、父と母に相談したのです。名乗りを変えたいと。

八重が嫌だわ、と言ったのは、室町期の武将・太田道灌の有名な逸話《いつわ》で、突然の降雨に困った道灌が、蓑《みの》を借りようと百姓家に立ち寄ると、山吹《やまぶき》の花を差し出される。『七重八重花は咲けども山吹の実の一つだになきぞ悲しき』の歌に託したもので、蓑一つないことを言ったものだった。

——どうでした？

——名乗りを変えると、縁起《えんぎ》が悪いのですって。それで、仕方なく、そのまま。兄など、こりゃ、傑作だ、と笑い転げているだけで。

蕗が、針を持つ手を止め、ぷっと吹いた。奥様と八重が聞き付け、どうしたのかと尋ねた。

「申し訳ありません。思い出し笑いなんです。八重様は七重様の御家のひとになられるのだな、と思い出して」

「まあ、ひどい」

八重が、おどけた顔で怒って見せた。

「婿《むこ》殿にはお会いになったのですか」奥様がお尋ねになった。

「一度だけ、遠くから拝見しただけです。富岡《とみおか》八幡宮の境内でした」

「どのような御方でした」

「何だか、ぷよぷよしている御方です」

その物言いが面白くて、蕗は遠慮なく笑ってしまった。

「もう少し引き締まっているとよいのですが、夏は大変そうです」

蕗は針から手を離し、口許に当てた。

「蕗様、でも笑っていられるのも、今のうちだけなのよ。同心の嫁は、大変なのだから」

「そうなのですか」

「十郎様は、まだお父様が隠居されていないので本勤並ですけど、本勤並になるまでに無足見習、見習の期間を通って来られた訳です。お父様が隠居なされば、十郎様は本勤になられ、役に就《つ》かれるのですが、それからも格、添物書《そえものかき》、物書並、物書、年寄並、増《ます》年寄、年寄と七つも役格があるのですから、出世をするのは大変なのですよ」

「まあ……」

「周一郎様は、まだお手当の出ない無足見習だから、先は長いのよ」

「でも、今月一杯で見習になれると聞いていますが」

「無足見習は挨拶回りですからね。一月《ひとつき》程なのです。見習になると、二日出れば一日休みがもらえるようになるし、僅かだけどお手当ももらえるようになるの。そうしながら仕事を覚えるのね。それが一、二年。やっと本勤並になって、役付きの方の下で仕事を教え込まれる訳だけど、その時に、力量を計られるんですって。ここまでは、兄の受け売りですけど、すべては、それからなのです。考えただけで、うんざりしてしまいますわ」

八重が深い溜息《ためいき》を吐きながら、針目をしごいた。

「くけ目が少し乱れていますよ」奥様が、笑みを浮かべた目で八重の指先を指した。

奥様は一頻《ひとしき》り針を進めると、

「あっという間ですよ」と言った。「子供でも生まれてご覧なさい。子供を育て、旦那様を送り出し、無事のお戻りを祈っている間に、一年、二年なんて夢のように過ぎてしまいますよ」

「と母にも言われたのですが……」

「皆、同じなのですよ」

「十郎様は、お父上の後を継いで養生所見廻りになられるらしい、と聞いております。あまり派手な御役目ではありませんが、盗賊が相手ではないので、それだけはよかったと……」

周一郎が、定廻りから臨時廻りになった軍兵衛の息子であることに気付いた八重は、慌てて口を閉ざし、次いで蕗に謝った。「御免なさい」

「周一郎さんが、定廻りになるとしても、それは、まだまだ先のことです」

奥様がお手を止めて、八重と蕗に言った。

「あの御役目は、町の隅々まで知り尽くしていなければ勤まりませんし、年回りもありますからね。周一郎さんが三十六、七歳になられた頃、丁度《ちょうど》働き盛りの方々が御役に就いていたら、なれませんしね」

「申し訳ございません」八重が、奥様と蕗に頭を下げた。

「もうひとつ。御役目には派手も地味もございません。特別に楽なものも、特別に大変なものもね。それぞれが大切な御役目なのですよ。そのことは、決して忘れてはなりませんよ」

「……申し訳……」

俯《うつむ》いた八重の下瞼《まぶた》からぽろりと涙が落ち、絹の襦袢に吸い込まれた。

「あら、大変」

奥様が慌てて膝を寄せようとして、くけ台を倒した。針が抜け落ち、どこかに行ってしまった。

「あら、こちらも大変」

奥様が、上半身を斜めにして針を探し始めた。八重も蕗も、縫い物を膝に下ろし、奥様に倣《なら》って身体《からだ》を傾けた。

畳の縁に添うようにして針があった。朝の光を小さく弾《はじ》き返している。

きれいだな、と蕗は思った。

八重も目を細め、凝《じ》っと見ている。涙はもうどこかに消えていた。

三

同日、九ツ半（午後一時）。

汐留橋《しおどめばし》の西詰に汐留三角屋敷と呼ばれる土地があった。土地の形が三角なので、そのように呼び慣《なら》わされているが、大きな御屋敷がある訳ではない。町屋と竹木や薪《まき》の置き場が半分ずつを占《し》めているだけの土地だった。

この日、津田は木挽町《こびきちょう》にある薪問屋《大崎屋《おおさきや》》の仕事で河岸に着いた薪を三角屋敷に積み上げていた。

すべての船荷を片付け終わった時には、日は中天を過ぎていた。

どこかで簡単に昼飯を済まそうと、人足たちと別れ、芝口橋《しばぐちばし》に差し掛かろうとした時だった。

見覚えのある男が、橋を渡って来た。

はて、誰であったか……。

暫《しばら》く見ていて、その男が古傘買いの麻吉であることを思い出したが、醸《かも》し出す雰囲気が、前の時とは随分と違って見えた。手に四ツ手《よつで》も天秤《てんびん》もない。呼び止めようかと思っている間にずんずんと歩き、橋のたもとにある髪結い床に入ってしまった。

商売替えでもしたのだろう。

津田は勝手に思い決め、踵《きびす》を返そうとして、目の前の菜飯《なめし》屋に目が留まった。

丁度よいわ。

暖簾《のれん》を潜《くぐ》り、菜飯と田楽《でんがく》と汁で腹を満たし、さて、どうするかとぼんやりしていると、麻吉が髪結い床から小ぎれいになって出て来るのが見えた。

麻吉の後ろ姿を見送っているうちに、歩き方が違っているのに気が付いた。物売りの歩き方ではなく、もっと落ち着いている。商いを替えると、歩き方まで変わるものなのか。

どこへ行くんだ？

暇つぶしに後を尾《つ》けてみることにした。

麻吉は通りを折れ、日蔭町《ひかげちょう》通りに出た。ここは芝口橋から金杉橋《かなすぎばし》へと抜ける東海道の西側裏新道で、道幅二間、古着屋が建ち並んでいた。

麻吉は、古着屋の品々を見ながら歩いていたが、やがて一軒の店の前で立ち止まると、すっと中に消えた。

津田は、少し離れた古着屋の店先に立ち、麻吉が出て来るのを待っているうちに、己のしていることが次第に馬鹿らしくなって来た。

こんなことをしていて、何になるのだ。

思わず口から出てしまったのか、店の主《あるじ》が驚いた顔で津田の顔を覗《のぞ》き込んだ。

「いや、済まぬ。独り言だ」

「そのようで……」

「気にするな」

「……いたしません」

店の主は、一旦《いったん》は店の奥に引き上げたが、どうも気になるらしく、時折ちらちらと津田の様子を窺《うかが》っている。居心地が悪い。

潮時《しおどき》か……。

帰ろうとしたところに、麻吉がくだんの古着屋から出て来た。紬《つむぎ》の小袖《こそで》に袷羽織《あわせばおり》。大店《おおだな》の主か大番頭のような身形《なり》である。古傘を抱えて歩いていた男の面影《おもかげ》は微塵《みじん》もなかった。

何をしようというのだ？

麻吉は、そのまま南に下ると、神明前《しんめいまえ》の料亭《琴菊亭《ことぎくてい》》に入って行った。《琴菊亭》は、贅《ぜい》を尽くしたもてなし料理を供することで知られた料亭で、大名家の江戸留守居《るすい》役が贔屓《ひいき》にしていることでも知られていた。

料亭の檜皮葺《ひわだぶき》門の前で歩みを緩めていると、麻吉を出迎えている店の男衆の声が聞こえて来た。麻吉は、もの柔らかな口調《くちょう》で受け答えをしている。

どうなっているのだ？

津田は、《琴菊亭》を見渡せる腰掛茶屋に入り、麻吉を待った。

一刻《いっとき》近く経《た》った後、女将《おかみ》と男衆に見送られて、門前へと姿を現わした。程よく酒が回っているのか、至極《しごく》機嫌のよい顔をしている。女将までもが見送るのである。相当な心付けを弾んだのだろう。

どこから、その金子を工面《くめん》したのか。古傘買いの蓄《たくわ》えで足りる額ではない。

麻吉が、再び北に向かって歩き出した。古着屋のある方角だった。

津田は、きっちりと間合をあけて後を尾けた。

麻吉は、内証《ないしょう》の豊かそうなお店を見掛けると足を止め、ゆったりと品物を眺め、お店の中をさりげなく見回している。店の者は身形でひとを見るのか、そんな麻吉を愛想《あいそ》よく迎えている。

麻吉は一頻《ひとしき》り町を歩くと、日蔭町通りの古着屋に戻った。馴れているのか、足取りに迷いがない。

そこで元の身形に着替えると、麻吉は何事もなかったような顔をして、芝口橋を渡って行った。

あの男、とんだ鼠《ねずみ》かもしれぬな……。

笑い出したくなる衝動を抑え、津田は遠ざかって行く麻吉の後ろ姿を見送った。

その日の夕方——。

北町奉行所に文使い屋の欽治が、《ともえ屋》の主・五兵衛とともに現われた。

控所にいた千吉らが、《ともえ屋》と欽治の名を聞き付け、玄関に伴《ともな》い、当番方の同心に願い出た。

「鷲津の旦那を大急ぎでお頼みいたしやす」当番方の同心に、欽治の名を告げた。

直ぐにも軍兵衛が飛び出して来るかと待っていたが、案に相違して、なかなか現われない。どうしたのかと思っているところにやっと現われた。

軍兵衛は《ともえ屋》五兵衛と欽治に視線を走らせると、千吉に軍鶏《しゃも》の前に回せ、と告げ、再び廊下に消えた。

「軍鶏と言われますと？」五兵衛が千吉に訊いた。

「仮牢《かりろう》のことよ」こっちだ、と千吉が先に立った。

五兵衛と欽治は、顔を見合わせながら千吉らに従った。俗《ぞく》に軍鶏と呼ばれる仮牢は、主に捕えた罪人を入牢証文《じゅろうしょうもん》が出来るまでの間入れておくためのものだった。ちなみに、仮牢に入れることを、軍鶏入りと言った。

仮牢を囲む塀の前に座らされると、五兵衛と欽治は、落ち着き無く辺《あた》りを眺め回した。

軍兵衛が玉砂利《たまじやり》を踏み締めて現われた。軍兵衛は、膝を折るようにして屈《かが》むと、

「《ともえ屋》」と言った。「昨日の今日とは、芸がねえな」

「何のことで、ございましょう……？」五兵衛の目が僅かに泳いだ。

「嘘はいけねえ。てめえ、欽治の居所を知っていただろう？」

「滅相《めっそう》もございません」

「そのことは、もういい。こうして欽治を連れて来たんだ。忘れよう」

「………」五兵衛が、堪《こら》えていたのか、熱い息を吐き出した。

「だがな、二度目はねえ。今度隠し立てしやがったら、そのままには捨て置かねえからな」

五兵衛が背後の塀に目を遣り、急いで低頭した。

「次は欽治、おめえの番だ」軍兵衛は腰を上げると、欽治の前に立ちはだかった。

「ご迷惑をお掛けいたしました。こそこそと、逃げ隠れておりました」

欽治は、慌てて先手を打った。

「隠れていたところを見ると、浪人・杉山小一郎が殺されるところを見ていたの

「はい。いつもは声もしない明屋敷《おやしき》から声がするので、何か、と覗いたら、丁度斬られるところだったので、もうびっくりいたしました」

「斬ったのは、どんな奴だ？」

「お侍で、四人おりました。十八、九くらいの年若いのが、他の三人に命令しておりましたが、『此奴《こやつ》ではない』と言っておりました。ご浪人さんを斬ったのは、取り巻きらしい三人のうちのひとりで、あっしの見るところ、下っ端《ぱ》のようでした。仲間から、あっしを『追え』なんて命じられておりやしたから」

「背中を斬られていたが」

「逃げようとしたところを斬られたのです」

「それを見ていたおめえだが、気付かれたのか」

「はい」

「よく斬られなかったな」

「若いのに刀を突き付けられた時には、もう駄目だ、と観念したのでございますが、黙っていろ、と脅されただけでした」

「名は、訊かれたのか」

「はい、名と住まいを」

「それで、隠れていたのか」

「いいえ。本当の名や塒《ねぐら》を喋《しゃべ》る程初心《うぶ》じゃござんせん。小泉町の多助とか何とか、嘘を吐《つ》きましたので、大丈夫かとも思ったのですが、何しろ商売柄顔が売れておりますんで」

「成程《なるほど》。斬った侍どもだが、顔は見覚えているのだろうな？」

「それはもう」

「何か、ひとと違う際立ったものはなかったか。黒子《ほくろ》があったとか、傷痕があったとか」

「別に、気付きませんでした」

「紋所《もんどころ》は、見たか」

「何しろ刀を突き付けられていたもので」

「見ている余裕はなかったか」

「でも、旦那。目の前に突き付けられていたんで、刀だけはよく見えました」

「真面目《まじめ》にお答えしねえかい」千吉が脇から、凄《すご》みを利かせた。

「親分さん、冗談じゃなく、見えたんで」欽治は、軍兵衛の方へ膝でにじるようにして、旦那、と言った。「ちょいと、やってみておくんなさい」

「何をだ？　刀を突き付けろとでも言いたいのか」

「そう、そいつです」

軍兵衛は刀を抜き、欽治の咽喉許《のど》に刃を突き付けた。

「こうか」

「軽く頰を叩いて下さい」

言われた通りに、頰をそっと叩いた。

「そして、鼻っ先にぬっと出したんです。何が見えたか、お分かりですか」

「何って、刀だろうが」

「その刀を、嫌と言うほど間近で見たんでございますよ」

「何が言いたいのだ？」軍兵衛が訊いた。

「ええい、じれってえな。ね、旦那、刃文《はもん》が見えますでしょ」

確かに、はっきりと見えるはずだった。そうか。

「三本杉でございました。三本杉と言っても、三本くっきりと立ち並んでいるようなんじゃござんせんが、あれは結構な値打ちもンでございますよ」

「三本杉？　そりゃ何だ？」思わず千吉が訊いた。

「刃文だ」軍兵衛が言った。

「刀の、でございますか」千吉の後ろから新六が訊いた。佐平も、聞き耳を立てている。

「美濃《みの》の刀工が考案した刃文でな。刀というのは、硬さを増すために焼入れをする。それは、分かっているな」

三人が頷いた。

「その時、焼場土《やきばつち》を刀身に塗る。この土置きにより、刃文が出来る。刃文には、直刃《すぐは》と乱刃《みだれば》がある」

直刃は鎬筋《しのぎすじ》と並んで真っ直ぐに通っている刃文だが、乱刃は真っ直ぐではなく様々な形をしている。

「大雑把《おおざっぱ》に言うと、三本杉は、そのひとつだ。大風に揺れる杉の木立《こだち》のような刃文をしていることで知られているって訳だ」

俺は見たことねえがな、と言ったところで、欽治が何ゆえ刀剣に詳しいのか尋ねた。

「恥を申し上げますが、私は研《と》ぎ師の家の生まれでして、十五の年まで修業していたのですが、手慰《てなぐさ》みの度が過ぎて勘当《かんどう》されちまったんです。後は、いろんなことをやって、こうなっているって次第なんでございます」

「そうかい。おめえも、随分とあちこち危ねえ橋を渡って来た口らしいな」

「そりゃあ、まあ……」

「どっちが好きだ？　直刃と乱刃と」

「直刃は潔《いさぎよ》い気もしますが、やはり乱れている方が」

「味があるか」

「へい」

「俺もだ」

欽治が、軍兵衛を見上げて、頬に小さな窪《くぼ》みを作った。

「そのあちこち覗いて来たおめえに訊く。三本杉の刀を腰に差している侍を見たことは？」

「さあて、鞘《さや》に納めているので分かりませんが、ざらにはいねえかと」

「では、どんな侍が差していると思う？」

「それなりの御方なら、常日頃は御屋敷に置いておくでしょう。家宝みたいなもんでさぁ。それを差して歩いているとなると、大家《たいけ》の若様で、ものの値打ちを知らねえ御方かと」

「そんなところだろうな」

ふと、津田に絡んでいた侍のことを思い出した。あの手の若様なのだろう。だが、困ったことに、太平の世の中には、ああいうのは掃《は》いて捨てる程いる。

「ひとつ分からねえことがある。教えてくれねえか。おめえは、浪人を殺した奴どもが去った後、まるでそいつらを追っ掛けるように、同じ方へ向かって駆けて行ったと言うじゃねえか。普通の奴なら、おっかねえから逆の方へ逃げるだろう。それは、どうしてなんだ？」

「そこまでご存じで？」欽治は頭を掻《か》くと、へい、と言った。「三本杉を持っているお侍ですからね。どんな御大家かと思って、後を尾けようとしたんです」

「強請《ゆす》れるとでも思ったのか」

「まさか」どうやら図星《ずぼし》らしかったが、欽治は大仰《おおぎょう》に否定すると、とてもいけませんでした、と言った。「供の強そうなのが、きっ、と構えて尾けている者がいないか、始終《しじゅう》気配を探るんでございますよ。こりゃあ、駄目だってんで、直ぐに諦《あきら》めました」

諦めたところに嘘《うそ》はなさそうだった。

「分かった。他に思い出したことがあったら、知らせてくれ。欽治の身柄は、五兵衛に預ける。二度と隠し立てはいたすなよ」

低頭した後、五兵衛と欽治は這《は》うようにして奉行所を出て行った。

「旦那、三本杉と言っても、雲を摑《つか》むようでございやすが、研ぎ師にでも当たりやすか」

「いや。打って付けの者がいる。まず、そいつに訊いてみよう」

軍兵衛は、佐平に鮫ヶ橋《さめがはし》まで走るように言った。

「明日、訪ねたいが、都合のよい刻限を教えてくれ、と言うんだ。こっちは朝だろうが、夜更《よふ》けだろうが構わねえ、ともな」

四

一月二十九日。昼四ツ（午前十時）。

鷲津軍兵衛は、千吉に新六、佐平と中間の春助を連れて、四ツ谷の鮫ヶ橋に住む妹尾周次郎《せのおしゆうじろう》の屋敷に向かっていた。

妹尾周次郎は、将軍の佩刀《はいとう》など刀剣の管理をする腰物方《こしものかた》を御役目としている。役目柄、刀剣や剣の流派に詳しく、軍兵衛は度々《たびたび》教えを乞うていた。

周次郎はまた、軍兵衛とは如月《きさらぎ》派一刀流の道場でともに剣を習った友であり、周一郎の周の字は周次郎からもらったものだった。

四ツ谷御門を通り、寺町に入った。妹尾屋敷は、龍谷寺《りゅうこくじ》通りに折れる手前にあった。

約束の刻限である。門番所の者に名と来意を告げる前に表門が開き、家人《けにん》が出迎えに現われた。

「お待ちでございます」

家人の後ろの方で、中間の源三《げんぞう》が、洟《はなみず》を拳《こぶし》で拭《ぬぐ》いながら笑みを湛《たた》えている。一緒に捕物をしたことのある佐平が、声を掛けた。

「とっつぁん、元気そうで、何よりじゃねえか」

「あたぼうよ。元気だけが取柄《とりえ》よ」

「《木菟入《ずくにゅう》酒屋《さかや》》には行ってるか」軍兵衛が訊いた。

源三が足繁く通っている煮売り酒屋だった。木菟入は僧侶《そうりょ》や坊主を罵《ののし》って言う言葉だが、商いを始めた頃の客筋が寺に出入りする者たちであったため、いつしかそう呼ばれていた。

「行ってやりてえのは山々なんですが、生意気に値上げしやがったんで、ここンところはご無沙汰《ぶさた》で」

「そいつはいけねえな」軍兵衛は、用意しておいたお捻《ひね》りを源三の掌《てのひら》に置き、指を畳ませた。「これで、また顔出ししてやんな」

源三は、紙包みを額《ひたい》に押し当てるようにして礼を言うと、

「旦那、何でもいたしますから、声掛けておくんなさいよ」

「ありがとよ。その時は頼むからな」

千吉らを門番所の者らが休む表門脇の控所に残し、軍兵衛は屋敷に上がった。

「丁度非番の日でようございました」

顔馴《なじ》染みの家人が軍兵衛の刀を持ちながら、後ろから話し掛けて来た。

「このところは御用繁多《はんた》なのかな」

「取り立ててこれ、という話はございませぬが」

「そいつは重畳《ちょうじょう》だ」

「鷲津様は、相変わらず、でございますか」

「世の中、悪いのばかりだからな」

「では、ご繁盛で？」

「お店を開いていたら、今頃一財産作ってただろうぜ」

板廊下の角を曲がると、庭が現われた。西の隅に小さな築山《つきやま》もあり、夕暮れの頃にはちょっとした山里の景色になる。周次郎がこしらえたものではない。周次郎の祖父が丹精《たんせい》したものだった。庭に面した奥の座敷へと通された。

待つ間もなく周次郎が、どうした、と言いながら座敷に入って来た。

「誰ぞと立ち合うのか」

「いつもそんなことをしていたら、命が保《も》たねえ」

「では何だ、周一郎の仲人《なこうど》か」

「早いわ。まだ無足見習だ」

「どうだ？　様子は」

「あいつは、俺と違ってひとの受けがいいからな。心配と言えば、それが心配かな」

「嫌われ者の方が叩かれて強くなるか」

「剣術と同じだ。いいぞいいぞ、では伸びぬ」

「それは、よいのだが、何の用で来た？　まず用件を言え」

「三本杉について訊きに来た。誰が持っているか、知っていたら教えてくれ」

「関孫六《せきのまごろく》三本杉の三本杉か」

「そうだ」

「美濃赤坂の刀工だから美濃周辺かと言うと然《さ》に非《あら》ず、孫六は斬れ味がよいので、随分と広まっているからな」

「見たことは？」

周次郎は暫《しば》し考えていたが、ふと顔を上げると、

「……ない、な」と言った。「珍しい刀ばかり探しているうちに、二代孫六兼元《かねもと》の三本杉を見逃しておった。終《つい》ぞ、目にしたことがなかったわ」

「どうして、わざわざ二代と言ったのだ？」

「三本杉は初代が創案したものだが、一番技量《ぎりよう》が優《すぐ》れているのは二代兼元と言われているからだ」

「初代でも二代でも構わねえ。誰が持っているか、見当《けんとう》は？」

「付かぬが、急ぐのか」

「何の罪科《つみとが》もない浪人を斬り殺した奴どもの親玉が、持っているらしいのだ」

「許せぬな」

「見当が付かぬなら、来た早々で何だが、油を売っている暇はねえんだ。帰るぜ」

「待て待て、焦るな。これから、身体は空いているか」

「取り立てて、行く当てはない」周次郎が手を叩きながら言った。「俺より詳しいのがいるから、訊きに行こう」

先程の家人が、廊下に現われた。

「山田浅右衛門《やまだあさえもん》殿に書状を書くゆえ、大至急届けてくれ」

「かしこまりました」

軍兵衛は、家人が文箱《ふばこ》と巻紙を用意している間に周次郎に膝を詰め、訊いた。

「浅右衛門とは、あの御試《おためし》御用を務めている？」

「首斬り浅右衛門だ。存じておろう？」

「屋敷がどこにあるかくらいは知っているが、斬首《ざんしゅ》には立ち会わぬし、牢屋にも滅多《めった》に行かぬからな。一度遠くから見たことはある。それくらいしか知らぬ」

「当代の浅右衛門殿は四代目でな。腕はよいのだが、困ったことに病弱なのだ」

「御用が果たせぬのではないのか」

「臥《ふ》せっている時は、弟子の須藤五太夫《すどうごだゆう》に手代《てがわり》を務めさせておるのでな、その心配はない」

「話は聞けるのか」

「このところは随分とよいそうだ。剣に詳しいし、四代の話は、今後の務めに役立つと思う。会っておいて損はあるまい」

「相当親しいようだな」

「俺は腰物方だぞ。浅右衛門殿が首を斬る時は必ず立ち会っているということを忘れるな」

「では、会わせていただくかな」

「勿体振《もったいぶ》るな」

周次郎は巻紙を取り上げると、筆を走らせ始めた。軍兵衛が廊下に出て庭を眺めながら茶を喫している間に、早くも書き上げた書状を家人に渡している。

家人と入れ替わりに、軍兵衛は座敷に戻った。

「お前のことを書き、体調がよろしければ、突然で申し訳ないが、三本杉についてご教示を願いたい。これから訪ねたいが、都合はどうか、と書いておいた」

「世話になるな」

「いつものことだ」周次郎は気持ちよさそうに笑うと、ところで、と真顔になって尋ねた。

「刀について詳しかったか」

「いいや」

「詰まらぬことを訊いた。詳しければ、わざわざ訊きには来ぬな」

「そうだ」

「相手は刀の試し斬りの請負人だ。ある程度、刀について知っておいた方が話が早かろう。本阿弥光悦《ほんあみこうえつ》という名に聞き覚えはあるか？」

「刀の目利きだろう」

「身も蓋《ふた》もない言い方だが、まあそうだ。あの本阿弥家が、姿、地鉄《じがね》、刃文などに際《きわ》だった特色のある作刀をしているところを山城国《やましろ》、大和国《やまと》、備前国《びぜん》、美濃国、相模国《さがみ》の五つに分けた。それを山城伝、大和伝、備前伝、美濃伝、相州伝といい、五箇伝《ごかでん》と称した。美濃伝を代表するのが、関孫六という訳だ」

軍兵衛が持ち主を探している三本杉は、と言って、周次郎が言葉を継いだ。

「初代孫六が創案したもので、乱刃のなかの互の目《ぐのめ》の一種だ。乱刃には、小乱《こみだ》れ、丁子《ちょうじ》、重花《じゅうか》丁子、蛙子《かわず》丁子、互の目、湾《のた》れ、濤瀾《どうらん》などがある。互の目は備前国長船《おさふね》派が始めたものだが、互の目の頭が尖《とが》っているものを尖り互の目といい、それを三本の杉の木立のように見せたものが三本杉だ。ここまでは、よいか」

「こんがらがって来た」

「仕様のない奴だな。要するに、だ。刃文で言うと、山城伝と大和伝は直刃が多く、備前伝は丁子刃、相州伝には湾れ刃が多く、そして美濃伝には尖り互の目が多い。剣について知りたい時は、これで見当を付け、後は俺とか、浅右衛門殿に訊けば間違いはない、ということだ。分かったか」

「分かった。それで、孫六は斬れ味が抜群《ばつぐん》だという話だが、本当に斬れるのか」

「斬れる。だから、皆が持ちたがるのだ」

「成程」

「そこだけは、分かりが早いな。どうだ、餅《もち》でも食うか」

「そうだな。済まぬが供の者にも食わせてやってくれぬか。この様子だと昼飯がいつになるか分からぬからな」

「承知した」

餅を食べ終えた頃に、使いに出た家人が戻って来た。半刻（一時間）を幾分回った程しか経《た》っていない。軍兵衛は頭の中で、道筋を追った。

周次郎の屋敷から喰違御門《くいちがい》までが約十町（千九十メートル）、喰違御門から紀尾井坂《きおいざか》を抜け平川町《ひらかわちょう》の山田屋敷までが約十四町（千五百二十六メートル）。合わせて二十四町の道程である。書状を見せ、返書をもらう手間を考えると、家人の律儀《りちぎ》さが知れた。

「ご造作をお掛けいたした。礼を申します」

家人に頭を下げている軍兵衛に、出掛けるぞ、と周次郎が言った。

「直ぐに来られたし、ということだ」

周次郎に家人と中間の源三が加わったので、総勢八人の大所帯になってしまった。

軍兵衛と周次郎が前に出、少し遅れて妹尾家の家人と源三が続き、更《さら》に間を空けて千吉らが従った。

井伊《いい》家、紀州《きしゅう》徳川《とくがわ》家、尾州《びしゅう》徳川家の中屋敷を通り、平川町の町屋に出る。四半刻（三十分）が過ぎた頃、山田浅右衛門の屋敷に着いた。

佐平が新六の袖を引き、門柱を指さした。表札があった。

武家屋敷は勿論、奉行所でさえ表札を出さないのが習慣になっていた時代である。佐平が目を丸くしている。

新六が小声で話そうとしたのに気付いた千吉が、新六の名を呼び、首を横に振った。小声であろうと、門前で山田家のことを訳知りに話すのははばかられた。

代々の浅右衛門にとって、罪人の首斬りは、いわば副業のようなものであり、本業はあくまでも刀の鑑定と試し斬りである。本業を遂行するためには、罪人の骸《むくろ》を下げ渡してもらわねばならない。その届け先が、万に一つでも間違わぬように、と表札が出されているのであった。

軍兵衛は町屋を見渡し、一軒の蕎麦屋《そば》を見付けた。

「あそこで、待っていてくれ」

軍兵衛は千吉に言い、周次郎らとともに屋敷の表門を潜った。源三がちらりと千吉らを羨《うらや》ましげに見ていたが、お務めである。無視することにした。

山田家の家人の案内で敷石伝いに玄関に向かうと、左手に持仏堂《じぶつどう》があった。殺生を生業《なりわい》とする者の覚悟が窺われた。

「こちらに」

家人の案内で、周次郎と軍兵衛は奥へ通された。源三は玄関脇に、供をして来た家人は供侍の間に留め置かれている。

暗い、湿った廊下が続いている。

これでは身体も悪くなるぜ。軽口を叩きたかったが我慢していると、家人が襖《ふすま》の前で膝を突いた。

十二畳間に入ると、直ぐに茶が来た。ひどく濃い茶で、噎《む》せそうになっているところに、山田浅右衛門が現われた。

痩《や》せて青白い顔をしていた。年の頃は四十くらいのはずだが、十は老《ふ》けて見えた。

周次郎が軍兵衛を引き合わせてから、改めて来意を告げた。

「三本杉の持ち主が、何事かしでかしたのですか」浅右衛門が訊いた。

「実際には、その持ち主ではなく、供の者のようなのですが、全く落ち度のない浪人を背中から斬り付けて殺《あや》めたのです」

「背中からですか」

「はい。全く災難としか言いようのない殺され方です。遺された妻女は途方に暮れております」

「持ち主は、差料《さしりょう》として三本杉を腰に差していたのですか」

「そのようです」

「歳は？」

「十八、九くらい、という話です」

「その歳で、三本杉を差料にしていたのですか」

「三本杉の」と周次郎が訊いた。「御試をなされたことは、ございましたか」

「二代まで遡《さかのぼ》って調べてみましたところ、三本杉は五振りありました。二代が一振り、三代が二振り、私の代になってからが二振りです。二代の一振りは将軍家のお手許にあり、三代が試し斬りした二振りは、備中高橋《びっちゅうたかはし》家と下野斎藤《しもつけさいとう》家のもので、ともに最上大業物《おおわざもの》として国許に納められているはずです。いずれの御家におかれても、間違っても市中を微行《びこう》する際、差料にしようとは思われぬでしょう」

刀剣の斬れ味を格付けする上で、優れたものを業物と言った。この業物にも、良業物《よきわざもの》、大業物と格があり、取り分け優れた業物を最上大業物と呼んだ。

「残る当代殿の二振りは？」軍兵衛が訊いた。

「一振りは、まさしく二代孫六兼元作の最上大業物でした。見事に三本の杉木立が並んで見える三本杉で、滅多に目にすることが出来ぬものでした」

刃長二尺四寸、反り四分強。石地蔵を真っぷたつに斬ったと言われる名刀《地蔵斬り》もかくやと思わせる、凄《すご》い一振りでした、と浅右衛門が呻《うめ》くように言った。

「それか」周次郎が軍兵衛に訊いた。

「そんな凄い三本杉ではなかろう。杉木立が三本くっきりと並んでいたとは言っていなかったしな」

「違うか」

「もう一振りは？」軍兵衛が、周次郎を制して、浅右衛門に訊いた。

「孫六派が最も盛んに作刀していたのは、足利《あしかが》将軍家の末期。その頃の作ではなく、もっとずっと新しいものでした。恐らく厳有院《げんゆういん》様（四代将軍家綱《いえつな》）の御代《みよ》に作刀されたものと思われます」

「根拠をお聞かせ願えませんか」

「姿が違いました。孫六派が活躍した当時は、応仁《おうにん》の乱などがあり、世情が騒然としていたので、相手を追い掛け、急いで刀を抜き、後ろから斬り付けるようなことが多かった。そこで片手抜き打ちに適した刀が求められたのです。片手だと手が伸びるので、寸はそれ程長くなくてもよい。寸が短くて、先に行って反りのある刀が多く作られた、という訳《わけ》です。それが、権現《ごんげん》様以来、天下は太平となった。戦場《いくさば》ではなく、心と技を鍛える道としての剣が求められるようになった。そして、剣の発達とともに両手で剣を握るようになり、寸が長くなっていった。寛《かん》文《ぶん》の頃になると、刀の幅が先に行く程狭くなったり、反りが浅くなります。私の知るもう一振りは、まさにそのような刀でした。それと、新しいものの特徴のひとつに、鑢目《やすりめ》の違いがあります」

浅右衛門は床の間の白鞘《しらざや》を手に取ると、刃を上に向け、ゆっくりと刀を抜いた。

目釘《めくぎ》抜で目釘を抜く。柄頭《つかがしら》を握っている左手首を、そっと握った右の拳で軽く叩いた。

茎《なかご》が緩んだ。更に二度軽く叩き、茎を外す。浅右衛門の流れるような手の動きに見入っているうちに、鑢目が晒《さら》された。

「ご覧の鑢目は、鷹《たか》の羽と呼ばれるものです」

刀身から続いて来た刀の稜線《りょうせん》である鎬《しのぎ》を境に、幾筋もの鑢の目がへの字の形に刻み込まれていた。

「私の見たもう一振りの三本杉の鷹の羽は、逆向きでした。つまり、両端の方が上がっているのです」

浅右衛門の指が山形を逆に描いた。

「これは、権現様による江戸御開府の後に現われる形です」

「偽物《にせもの》、ということですか」軍兵衛が訊いた。

「そうではありません。孫六を真似《まね》て作ったものだということです」

「出来は？」

「相当な腕を持つ刀工の手になるものと思います。銘《めい》がなかったので、どこの誰かまでは分かりませんでしたが、斬れ味もよろしかったと記憶しております。もちろん本来の孫六の作に比べれば、遜色《そんしょく》はありましたが」

「持ち主を、お教えいただけますか」

「よろしいですよ。本来ならば、持ち主の意向を慮《おもんぱか》らねばならぬところかもしれませぬが、そのような事件にあたら名刀が関わっているとしたら、そこは正していただかなければなりません」

「ありがたい」軍兵衛は、ほっと息を吐いてから尋ねた。「で、どなたですか」

「直参《じきさん》旗本・副島丹後守様です」

「副島……」

「普請奉行だ」周次郎が言った。「前《さき》の勘定吟味《かんじようぎんみ》役で、家禄《かろく》は三千石。次の町奉行と噂《うわさ》されている切れ者だから覚えておけ」

「普請奉行とは、いささか驚いた」

「であろう」周次郎が、何故か胸を反らせている。

「因果話になるが……」

軍兵衛は周次郎を無視して、明屋敷の土塀の上で頭を外に出して事切れていた浪人・杉山小一郎のことを話した。普請奉行が、明屋敷からの知らせを受け、直ぐにも塀を改修していれば、杉山は中に連れ込まれることもなかったろうし、もしかすると殺しにまで進まなかったかもしれない。

「副島家には、十八、九くらいになるご子息はおられませんか」軍兵衛がふたりに訊いた。

「知らぬな」周次郎が言った。

「そこまでは、存じません」浅右衛門も首を振った。

軍兵衛の脳裏《のうり》に、竹河岸で津田仁三郎に手首を打ち据えられた若侍が浮かんだ。あの者の紋所は、丸に十五枚笹《じゅうごまいささ》だった。

「申し訳ありません。武鑑を見せていただけますか」軍兵衛が言った。

「造作も無いこと」

浅右衛門が家人を呼んだ。白鞘を元に戻している間に家人が戻って来た。

「何を調べるのだ？」周次郎が訊いた。

「笹だったはずだぞ。丸に九枚笹であったかな」周次郎が言った。

「十五枚でしょう」浅右衛門が言った。

軍兵衛が武鑑を繰る手を止めて、言った。

「丸に十五枚笹だ」

「副島家の紋所だ」

「それがどうした?」周次郎が訊いた。

「俺は、三本杉をそれと知らずに見、その持ち主にも会っていた……」

あの時、津田に手首を打たれて刀を落とした若侍の名を、供の者が呼んでいた。何と呼んだのか。思い出せそうで、思い出せない。苛立《いらだ》ちが募《つの》った。頭を強く左右に振った。

殺しを目撃した欽治によると、指図していた若侍が杉山小一郎を見て、此奴ではない、と言ったらしいが、津田と間違えたのだ。杉山を一目見た時に、どこか津田に似たところがあると思ったにも拘《かかわ》らず、どうして繋《つな》げて考えることが出来なかったのか。

軍兵衛は奥歯を嚙み締めた。

しかし、まだあの若侍の顔を文使いの欽治に確認させた訳ではない。急いで裏を取らねばならない。だが、相手は旗本だ。町奉行所の扱いではない。旗本家が、それも大身旗本家が絡むとなれば、御奉行の腰が引けるのは分かり切っていた。目付に届け出たとしても、片や大身旗本、片や浪人である。絡まれたので、止《や》むなく斬ったなどと、ありもしないことを旗本側が言い立てたとしたら、それが通ってしまうだろう。死人に口なしだ。そんな勝手は、許さねえ。

杉山小一郎の御新造の、途方に暮れた顔が思い返された。

武鑑を見た。副島家の屋敷の場所を、頭に叩き込んだ。

五

山田浅右衛門の屋敷を辞した軍兵衛と周次郎が門前に出て来た。ふたりの姿を認めた千吉らは、急いで駆け寄った。

「済まねえが、やることが出来た」

軍兵衛は周次郎に礼を言って別れると、千吉らに浅右衛門から聞いたことを話し、副島丹後守の名と屋敷の場所を教えた。

「市ヶ谷御門内三番町《さんばんちょう》通りだ。近くの辻《つじ》番所に行き、副島丹後に十八、九くらいになる倅か甥《おい》っ子がいねえか訊いてくれ。いたら、どんな奴か、探りを入れることも忘れずにな」

「倅は分かりやすが、甥っ子ってのは？」

「試し斬りに出すような刀を差料にくれてやるんだ。己の倅の他には、養子に迎えようっていう親族の者ぐらいだろう」

「承知いたしやした。で、旦那は？」

「俺は津田仁三郎の塒に行って来る。亀井町だったな」軍兵衛が新六に訊いた。

「《喜平長屋》と言っておられました」

「よく覚えていたな」

「一度聞いたら、四、五十日は忘れません」

「頼もしいじゃねえか」軍兵衛が続けて訊いた。「それじゃ、序《つい》でに思い出してくれ。竹河岸の騒動の時、供の者が若侍の名を呼んだな？」

「……呼びました」

「何て名だったか、覚えてるか。どうしても思い出せねえんだ」

「…………」新六は少しの間唸っていたが、天を仰いだ。「駄目です。あっしも、思い出せやせん」

「何が、あっしも、だ。一度聞いたら四、五十日は忘れねえ、と言ったのは、どこのどいつでえ?」千吉が吠えた。

「済いやせん」

「こんな奴ですが、何か御用があるといけやせん。新六を連れて行っておくんなさい」

千吉が言った。

「いや。そっちは人手が要るかもしれねえが、俺の方は春助がいれば事足りるだろう」

「では」

「ちょいと待った」

軍兵衛は袂《たもと》から小粒を取り出し、千吉に渡した。

「これで辻番所を手懐《てなず》け、見張り所に使えるようにしてくれ。残りは、皆で飯でも食うがいい。餅だけじゃ足りねえだろう」

「ありがとうございやす」

千吉が新六と佐平を連れて、急ぎ足で遠ざかって行った。

「俺たちも行くぜ」

軍兵衛は春助を促すと北に向かい、田安《たやす》御門外の飯田町《いいだまち》の町屋を見回りながら、神田橋御門へと抜けた。後は鎌倉河岸を通り、神田堀沿いに約十町（千九十メートル）も行けば亀井町の《喜平長屋》に着く。

「腹はどうだ？　減ってねえか」

「先程蕎麦をいただきましたので」

「足りたか」

「ちょいと腹の底が落ち着かないというところでしょうか」

「近くに何かねえか」

「焼飯《やきめし》が売りの腰掛茶屋がございますが」

「何だ、それは？」

「握り飯を焼き色が付くくらいまで焼いて丼《どんぶり》に入れます。次に、焼き味噌《みそ》を載せ、あつあつの湯を掛けて食べる。それだけなんですが、これが、美味い。焼けた握り飯をほぐしながら食べるところなんか、絶品《ぜっ》でございます」

「どこだ？」

「今川橋《いまがわばし》のちょい先でございます」

「連れて行け」

「と仰《おっ》しゃっても、中間の私が先に立つのも何でございますから」

「仕方ねえ。後ろから右だ、左だと案内しろ。いいな。行くぞ」

「真っ直ぐでございます」

分かっている。今川橋は、だいぶ先だ。今から曲がってどうするってんだ。まったく年寄りってのは、物事の呼吸ってものが分かってねえ。軍兵衛は、首を捻《ひね》りつつ歩み始めた。

焼飯を二杯食べ、余分な心付けを与えて腰掛茶屋を出た。美味かった。簡にして潔であることが気に入った。あれなら、俺でも造作なく作れる。この一件の片が付いたら、鷹《たか》にはちいと早いが、栄《えい》と周一郎に作ってやるか。

小伝馬町の牢屋敷を過ぎ、小伝馬上町を通り越すと、亀井町だった。

《喜平長屋》は直ぐに分かった。

長屋の木戸を潜ると、大家《おおや》が飛び出して来た。

「何か、ございましたのでしょうか」

津田の借店《かりだな》を尋ねてから、近くまで来たので酒でも飲もうかと寄ったのだ。御用の筋ではない、と言った。

大家はひどく安堵《あんど》して、路地の先に立った。

中程の借店の戸を叩き、津田の名を呼んだが、返事がなかった。他出しているらしい。

大家が二寸ほど腰高障子を開け、中を覗いたが、軍兵衛を振り返り、首を横に振った。

「見てもいいか」

「ご一緒いたします」

軍兵衛は腰高障子を開け、土間に入った。

小まめに煮炊きをしている跡が竈《かまど》や流しに残っていた。

畳はなく、薄縁《うすべり》の上に敷蒲団が畳んで置いてあり、その奥に文机《ふづくえ》があった。文机には、位牌《いはい》がふたつ並んでいた。

「あれは？」大家に尋ねた。

「御新造様とお嬢様のものとか」

「亡くなられていたのか」

「御新造様は三十半ば、お嬢様は十にも満たない歳だったそうです」

「ここで亡くなられたのではないのか」

「はい。ここにいらした時は、おひとりでございました」

「気の毒にな」

「はい」

「邪魔したな。借店の中を勝手に見られたとあっては、津田さんも気持ちがよくないかもしれぬ。黙っていてくれるか」

「よろしゅうございますとも」

軍兵衛は《喜平長屋》を出た足で、隣町にある口入屋の《相州屋》に向かった。

津田に、竹河岸の若侍に狙われていることを教えてやらねば、いつ何時、襲われるか知れたものではない。たとえ襲われたとしても、備えさえあれば、津田の腕なら躱《かわ》すことも逃げることも出来るだろう。

その間に、あの若侍と斬った者の名を調べ上げ、動かぬ証《あかし》を添えて火盗改《かとうあらため》に注進してやろう。あの横紙破りの金比羅《こんぴら》の御殿様なら、何とかしてくれるだろう。その方が目付に届け出るより、余程《よほど》確かなように思われた。

津田は、《相州屋》にも現われていなかった。

「何か働き口を世話したのか」

「いいえ」駒蔵が白髪混じりの眉の端を八の字に下げ、愛想笑いを浮かべた。

「仕方ねえ。今日のところは帰るが、津田さんが来たら、俺が探していたと伝えてくれ」

「確かに承りました」

頭を下げた駒蔵の肩が、目に見えて下がった。大きく息を吐き出したようである。

「《相州屋》」

「はい？」

「妙なところを教えたりしなかったろうな？」

駒蔵は慌てて、顔の前で手を振った。

「滅相《めっそう》もございません。手前どもの商いは、信用第一でございますよ。まかり間違っても、八丁堀の旦那が眉を顰《ひそ》めるようなところは紹介いたしませんでございますよ」

「そう願ってるぜ」

どこに行きやがったんだ。考えても始まらなかった。取り敢《あ》えず、奉行所に戻り、千吉らの知らせを待つしかなかった。

「帰るぜ」中間の春助に言った。

春助が背に負った御用箱をずり上げた。


その頃――。

津田仁三郎は、夜鷹《よたか》の元締・かいつぶりの枡三に呼び出されていた。

柳原岩井町にある家の居間には何度か上がったことがあった。津田の前には長火鉢を挟んで枡三と女房の玉《たま》が、そして脇正面には小頭の平八《へいはち》が控えていた。

「急な話のようだが、どうした？　また夜鷹の見回りか」

「そうではなく、こちとらの用心棒をお頼みしたいンでございます」

「元締のか」津田は平八を見た。

平八が頷いて、口を開いた。

「実は、元締を狙っている奴がいるってぇ話を持ち込んだ奴がございまして、まさか、と思って調べてみると、どうも嘘とも言い切れねえってところでして。元締の命を取って、お金《たから》も頂戴《ちょうだい》しようってぇ寸法《すんぽう》で」

「こちらには、私より付き合いの長い用心棒が何人かいたであろう。その者たちを使えばよいではないか」

平八が枡三に目を遣ってから、僅かに身を乗り出して言った。

「ふたりおりますんですが、どうやら、そのふたりが元締を狙う張本《ちょうほん》らしく」

「そうなのか」枡三に訊いた。

「それが確かなことなのか、まだ分かりませんが、分かった後では遅うございますからね。こうして旦那にお願いしている訳で」

「私は、その者らより、腕が落ちるかもしれぬぞ」

「それは大丈夫でございます。旦那の腕は、八丁堀の旦那が請け合っていなさるんですからね」

《相州屋》で、軍兵衛が太鼓判《たいこばん》を押した時のことを思い出した。

「《相州屋》に訊きに行ったのか」

「命が懸かっておりますのでね」

「分かった。引き受けよう」

「ありがとう存じます」

「では、早速今夜から、ここに寝泊まりしていただきますが、よろしいでしょうか」

「それは構わぬが、ひとつ頼みがある」

「何なりと」

「まだ働いてもおらぬのに、実《まこと》に済まぬが、用心棒の代金を前渡ししてくれぬか。いや、幾らでもよいのだ。明日は晦日《みそか》なので、直ぐにでも渡してやりたいひとがおってな」

「ようございます」

枡三は長火鉢の引き出しを探ると、小判を一枚取り出し、津田の見ている前で紙に包んだ。

「これは、前金ということで」

「済まぬ。かたじけない。この恩は忘れぬ」

津田が畳に手を突いた。

「旦那、お手を上げておくんなさい。参ったな。こんなお侍様は初めてだ」

枡三の家がある柳原岩井町から岩本町の《小町長屋》までは、五町半（約六百メートル）。津田の足にとっては、ないにも等しい距離だった。

長屋の木戸を通り、路地を抜け、杉山小一郎の借店の戸をそっと叩いた。

中でひとの動く気配がした。ほっとしている己に気付き、津田は微かにうろたえた。

「どちら様でしょうか」御新造の声だった。

津田が名乗ると、腰高障子が開いた。

以前訪ねた時には杉山がおり、葬儀の時は長屋の衆が沢山いた。御新造ひとりと向かい合うのは、この時が初めてになる。

「どうぞ」御新造が土間の隅に寄った。

「御免」

津田は、刀を腰から抜き取り、借店に上がった。隅から隅まで、きれいに片付けられていた。丁寧に拭き清められているのだろう。足裏に触れる薄縁が心地よかった。

御新造は、と見ると、粗末な身形ながら、髪の毛一筋の乱れもない。

うむ。これならば、よい。津田は、胸の内で大きく頷いた。

この人は、杉山の分もしっかり生きてくれるだろう。御新造の凜《りん》とした姿は、非運に堪《た》えかねて自害でもしているのではないか、と勘繰った己自身を恥じ入らせるものだった。

津田は、奥にある位牌の前に座り、掌を合わせ、線香をあげた。

御新造が頭を下げた。津田も、頭を下げた。

「奉行所から何か知らせは？」

「ございません」

「そうですか。何をしているのか」

「相手はどこかの御家中の方かもしれません。そうなると、奉行所では手が出せないのだ、という話を聞きましたが」

「誰です、そのようなことを言ったのは？」

「弁慶橋の親分とか言われている方です」

「そんな馬鹿なことがありますか。必ず罰する方法はあるはずです。諦めてはなりません」

「ですが……」

「町奉行所に知り人がいます。どうなっているのか、よく聞いて報告に来ますので、岡っ引風情《ふぜい》の言うことを信じてはなりませんぞ」

「はい……」

御新造が俯いた。握った手に、目を落としている。

「……不躾《ぶしつけ》なことを伺いますが、蓄えなどは？」

「ご存じのようにほとんどなくなってしまったのですが、あれから杉山が懸命に働いてくれたので、幾らかは……」

「そうですか……」

津田は、懐《ふところ》から紙包みを取り出し、薄縁の上を滑らせた。御新造が、顔を上げ、津田を見た。

「これは？」

「恥ずかしながら、このところ夜鷹の元締の用心棒をいたしております」

まあ、と御新造が目を見張った。

「思わぬ褒美《ほうび》をもらいました。失礼とは存じますが、何かの費《つい》えに使っていただければと思い、持参いたしました。受け取っていただけませぬか」

御新造は、暫し津田の顔を見詰めていたが、やがて、きっぱりした口調で言った。

「ご厚意だけ、ありがたく頂戴いたします。これは、お納めくださいませ」

「どうして、です？」

「津田様からいただく謂《いわ》れがございませぬ」

津田は語気を強めた。

「これは異な事を。拙者《せっしゃ》、杉山殿とは知友であったと自負しております。亡くなった友のご家族のため、些少《さしょう》の金子をお持ちしたのみ。それを謂れがないと仰しゃるのですか」

「ご無礼の段、お許し下さい。ですが、これは受け取る訳には参りません。どうか、津田様ご自身のため、お役立て下さい」

「どうしても、ですか」

「はい。恐らく、杉山もそのように申すかと存じます」

御新造は微動だにしなかった。

「……分かりました」津田は、紙包みを引き寄せ、袖に入れた。「これから、どうなさるおつもりです？」

「ここを引き払い、国に戻るつもりでおります」

以前、国は越後《えちご》の方だと聞いたことがあった。

「そうですか。寂しくなりますな」

「津田様は、いつまでもご壮健でいらして下さいませ」

御新造が指を突いて深々と頭を下げた。帰れ、と言っているのだと判じ、津田は長屋を後にした。

翌早朝、杉山小一郎の御新造は、《小町長屋》の薄縁の上で、懐剣で咽喉を突き、自害して果てた。薄縁には油紙が敷かれ、杉山小一郎の位牌の前には、なけなしの金子が紙に包んでひっそりと置かれていた。ご迷惑をお掛けしますが、これにて後の始末をお頼み申します、と大家に宛てた文が添えられていた。

津田が、御新造の自害を知ったのは、その翌日のことだった。

かいつぶりの枡三の家に詰めるのは夜のことなので、昼間の仕事を求めて《相州屋》に顔を出した折に、駒蔵から告げられたのである。

あれは、あの姿は、覚悟を決めた姿であったのか。

頑《かたく》なに金子を拒んだ御新造の面影が胸をよぎった。借店の中の整った様子から、察するべきだったと思ったが、後の祭りであった。

その日の夜更け、ふたりの男が枡三の家に押し入って来た。やはり、用心棒をしていた者どもだった。

あらかじめ襲われた時にどうすべきか、枡三と玉のふたりに教えておいたこともあり、津田は思うさま刀を振るうことが出来、瞬《またた》く間にふたりを斬って倒した。

押し入ったふたりの亡骸は、小頭の平八が若い者どもを使って始末を付けた。簀《す》巻《ま》きにして神田川に捨てたのである。

「旦那」と枡三が、津田に言った。「これからもよろしくお願いいたしますよ」

玉が手渡した後金を、津田は黙って受け取った。

第四章　柳原《やなぎわら》土手

一

二月二日。暮れ六ツ（午後六時）。

鷲津軍兵衛の姿は、三番町通りの辻《つじ》番所にあった。そこからは旗本《はたもと》・副島丹後守の屋敷の表門を見渡すことが出来た。

昨日で月番は北町から南町奉行所に代わったが、探索方の務めには何ら変わりはない。晦日《みそか》に始まった見張りは、三日目になっていた。文使い屋の欽治も、若《わか》侍《ざむらい》の顔を確かめるまでは、と詰めさせられている。辻番所の番人には、旗本屋敷にいる渡り中間《ちゅうげん》の中に悪い奴がいて、それを追い掛けているのだ、と言ってあった。

　三日前——。

　軍兵衛に命じられた千吉らは、手分けして副島家に十八、九になる倅《せがれ》がいるかどうか、調べに走った。

　辻番所で尋《たず》ねると、十九になる彰二郎という次男がいることが直《す》ぐに分かった。大きな声では申せませんが、と番人は声を潜め、彰二郎の傍若無人《ぼうじやくぶじん》振りを仄《ほの》めかした。代々の当主が営々《えいえい》と築き上げて来た副島の家名を笠《かさ》に着て、したい放題の所行《しよぎよう》を繰り返しているらしいことが口振りから読み取れた。千吉らは、彰二郎が探し求める相手であることを直感したが、それ以上深く尋ねようとはせず、代わりに辻番所の片隅を見張り所に使わせてくれるよう頼み、一旦《いつたん》奉行所へ引き上げた。

　この日、交替で飯を食いに出た千吉と新六が、神田川に浪人の死骸《しがい》が二体浮いた、と小耳に挟んで来た。斬《き》り殺された上、簀巻《すま》きにされて捨てられたらしいという話だったが、月番の南町が受け持つ一件となるだろう、と思い、軍兵衛は特に深い関心を抱くことはなかった。

　旗本屋敷の門限である宵《よい》五ツ（午後八時）に半刻（一時間）という刻限まで粘ったが、彰二郎が外出《そとで》する気配はなかった。

「済まねえが、明日もまた朝っぱらから世話になるぜ」

軍兵衛は辻番所の番人に声を掛けた。番人は、大名家や旗本家の番士ではなく、請負仕事で詰めている町屋の老人である。慌てて頭を下げて、軍兵衛の言葉に応《こた》えた。

「欽治も、な。お前だけが頼りだってことを忘れねえでくれよ」

「分かっておりますとも。元締の許しももらっていることですし、遠慮なく使ってやっておくんなさい」

「ありがとよ。その意気で、明日も六ツ半（午前七時）から頼むぜ。その代わり首尾《しゅび》良く事が運んだ暁《あかつき》には、腰が抜けるまで飲ませてやるからよ」

「そいつは、どうも」

欽治は項《うなじ》に手を当てると、舌なめずりをした。

「気ぃ付けて、帰れよ」千吉が言った。

大事な生き証人だ。万が一にも彰二郎らに気取《けど》られ、襲われでもしたら、元も子もない。

「大丈夫でござんすよ。下手《へた》は売りませんや。伊達《だて》に修羅場《しゅらば》を潜《くぐ》っちゃおりませんからね」

「大きく出やがったな」

「それじゃ、御免なすって」

欽治は端唄《はうた》を口ずさみながら、帰って行った。

八丁堀に戻るには、神田橋御門外へ抜けるのが早道だったが、寒空の下、武家屋敷小路を歩き続けるのも味気なかった。それに、闇鴉《やみがらす》の一件も終わった訳ではない。遠回りにはなるが、見回りも兼ねて、欽治が向かったのと同じ方に行き、市ヶ谷御門を渡ることにした。

御門を通りながら軍兵衛が、少しだけ飲むか、と千吉に言った。

「よろしいんで？」

「ちいっと見回ろうか、と殊勝《しゆしよう》なことを考えていたんだが、辻番所《あんなところ》にずっと詰めていたんだ。少しぐらい飲んでも罰《ばち》は当たらねえだろう」

「でしたら」新六が訊《き》いた。「欽治も交《ま》ぜてやればよかったンではねえっすか。追い掛けやしょうか」

「駄目だ」と、軍兵衛が言下《げんか》に答えた。「あいつは、生酔いで我慢の出来る男じゃなさそうだ」

「ああ……」と言って、新六が口を開けたまま頷《うなず》いた。

「どこにいたしやす?」千吉が訊いた。

「探すこたぁねえ。行き当たりばったりでいいぜ」

「でしたら、そこに」

縄暖簾《なわのれん》の下がっている八幡町《はちまんちょう》の飯屋に入った。八幡町は、市ヶ谷八幡宮の門前町屋で、以前は岡場所《おかばしょ》として名を売っていたところだった。

名物を期待して入った店ではなかったが、味醂《みりん》と酒で溶いた八丁味噌《はっちょうみそ》を油揚げに塗り、さっと炙《あぶ》った肴《さかな》が美味《うま》く、思わず杯を重ねてしまった。

「帰るか」

「へい。お供いたしやす」

「俺はひとりで歩ける。見送りは無用だ」

「そうは参りやせん。途中で闇鴉にでも出会《でくわ》したら、どういたしやす?」

「違いねえ」

「おめえたちも、ぼんやり歩かねえで、暗がりに目ぇ凝《こ》らすんだぜ」千吉が新六と佐平に言った。

「任せておくんなさい。あっしは、夜目が利《き》くんでさあ」新六がすかさず答えた。

「兄イ、あそこに誰かいますぜ」佐平が神田川のほとりを指差した。

「どれ、どこだ？」

新六は腰を引き、前屈《かが》みになって数歩前に出た。目を細めて、じっと神田川の辺りを見詰めている。見えねえ。

「てめえ、佐平にからかわれてるんだよ」千吉が言った。

えっ、と喚《わめ》いて新六が、佐平を追い掛け回している。

「静かにしねえかい。もう町の衆は、寝《ね》ていなさるんだ」

千吉の一喝《いっかつ》に、新六と佐平が走るのを止めた。

「まだまだ力が余っているようで、何よりだぜ」

千吉らに送られ、軍兵衛が八丁堀の組屋敷に着いたのは、夜四ツ（午後十時）を回った頃だった。


翌三日。朝五ツ（午前八時）。

登城する普請《ふしん》奉行・副島丹後守の一行が表門から姿を現わした。

三千石の旗本が登城する通用門は清水《しみず》御門と決められている。田安御門の前を通り、九段坂《くだんざか》を下っていかねばならない。供侍七名に槍持《やりもち》、挟箱《はさみばこ》持を含めた総勢五十余名が、軍兵衛らのいる辻番所に向かって来た。行列が通り過ぎるまでの間、軍兵衛らは裏に隠れ、ふたりの番人は手を突き、平伏し続けねばならない。

「もうよろしいですよ」

番人に呼ばれ、再び見張りに付いた。

それから半刻程経《た》った後、表門から若侍が供侍と草履《ぞうり》取りの中間を連れて出て来た。ゆるりとした歩調で辻番所の方へ向かって来る。見覚えのある者どもだった。

軍兵衛は番人に、先頭の若侍は誰か、と尋ねた。番人はそっと通りを見ると、あの御方《おかた》は、と答えた。

「副島様の彰二郎様でございます」

「そうかい……」

軍兵衛は高ぶろうとする気持ちを抑え、欽治に声を掛けた。あいつか。

欽治は辻番所の障子《しょうじ》に隠れるようにして若侍を見詰めた。

「間違いありません。あれが、三本杉の奴です」

「斬った奴は、あの中にいるか」

「いいえ、おりません」

「やはり、な」

あの供侍の腕では、杉山の背を深々と斬り裂くことは出来ないだろう。

彰二郎らが、辻番所の前を通り過ぎて行った。

よし、尾《つ》けるぞ。軍兵衛が千吉らに目で合図した。

「あっしは？」欽治が訊いた。

「ご苦労だが、斬った奴にひょっとしたら会いに行くかもしれねえ。来てくれ」

「ようがす」

「旦那《だんな》」辻番所の脇から一足早く表に出ていた千吉が、彰二郎らの後ろ姿を見遣りながら言った。

「お急ぎ下さい」

「おう、直ぐ行く」

彰二郎らは表六番町《おもてろくばんちょう》通りから御厩谷《おんまやだに》へと抜けた。御厩谷は東照大権現《とうしょうだいごんげん》徳川家《いえ》康《やす》公の厩舎《うまや》があったことから、そのように呼ばれている低地だった。一行は、御厩谷の坂道をゆっくりと下っている。

両側には武家屋敷が続いており、身を隠すところはない。軍兵衛らは、十分に間合を取って歩調を合わせた。

法眼坂《ほうげんざか》へと折れる通りを見通すところに辻番所があった。彰二郎らは、そこを通り過ぎ、なおも歩いている。彰二郎の弾《はず》まぬ歩き振りから、意に染まぬ外出であるらしいことは察せられたが、

（もしかすると、帰りに杉山小一郎を殺《あや》めた者らを訪ねるかもしれぬ）

軍兵衛が期待を寄せたのは、その一点だった。

やがて彰二郎らは、五味《ごみ》坂と出会う手前の屋敷に入って行った。枝振りのよい桜の古木や丈高い辛夷《こぶし》の木が白壁の向こうに並んでいる。季節になれば、さぞや見事に咲き誇ることだろう。

「誰の屋敷なのか、訊いて来てくれ」千吉に言った。

「へい」佐平が答え、新六が走り出すのを待って、駆け出した。

通り過ぎた辻番所に戻り、白壁の上辺りを指差して訊いている。あの見事な桜がある御屋敷にはどなたが、とか訊いているのだろう。

間もなくしてふたりが駆け戻って来た。佐平は新六より半身後ろに控え、新六が話し出すのを待っている。

「分かりやした。小普請奉行の永田《ながた》出雲守《いずものかみ》様の御屋敷でございやした」

「普請奉行の倅が、小普請奉行の屋敷を訪ねる図、か。面白くも何ともねえな」

作事《さくじ》奉行、普請奉行、小普請奉行。この三つを総称して下三奉行《したさんぶぎょう》と言った。普請奉行が江戸城の石垣や堀の他、上水などの管理を行なったのに対し、御殿など建物の造営・修繕を受け持ったのが作事奉行と小普請奉行で、大規模な修繕を作事奉行が、役屋敷など小規模の修繕を小普請奉行が受け持った。

恐らく、その繋《つな》がりでの形式的な訪問なのだろう。重要な訪問であるのなら、当主か嫡男《ちゃくなん》が訪れる筈《はず》である。

「しょうがねえな。無駄骨か」

軍兵衛は、永田出雲の屋敷に背を向け、歩き始めた。

「旦那、どちらへ」千吉が訊いた。

「ここにぶっ立っている訳にもいかねえだろう。辻番所の中で待とうぜ」

この辺りで、探している渡り中間を見掛けた者がいたので、暫《しばら》く見張らせてくれ、と頼み、辻番所の奥で彰二郎らが出て来るのを待った。

半刻程後に、屋敷を辞した彰二郎らが、再び通りに現われた。御厩谷を戻って来るのかと思っていると、五味坂を上って行く。

辻番所を出、直ぐさま追い掛けた。一行は先を急ぐでもなく法眼坂を西に折れ、坂道を下っている。坂が尽きたところに辻番所があり、彰二郎らはその手前の屋敷に入って行った。

「訊いて来やす」

駆け出そうとする新六を止め、俺たちも行くぜ、と軍兵衛が言った。

「どのみちあそこで待つんだ。待ちながら訊こうじゃねえか」

再び渡り中間を探しているのだと言って、辻番所に上がり込み、今、お侍が入って行ったのは、どなたの御屋敷かな、と番人に尋ねた。ここの番所も、町屋が請け負い、番人に老人を置いていた。町屋の者、特に老人は、八丁堀には従順である。軍兵衛にとっては、願ったりであった。

「書院番組頭の小島双兵衛《こじまそうべえ》様の御屋敷でございます」

書院番は番方である。彰二郎の副島家は役方であり、先程訪ねた小普請奉行も役方だった。どうやら父の使いという訳ではなさそうだった。

「小島様のところに入って行ったお侍だが、ありゃ、誰だ？　いやな、途中で見掛けたんだが、大層威張《たいそういば》っておってな」

ふたりいた番人は目を見合わせると、片方がそっと身を乗り出し、小声になった。

「副島様、というのをご存じですか。この向こうに御屋敷のある……」

「普請奉行のかい？」

「左様でございます。そこのご次男の彰二郎様と仰しゃる方でございますよ」

「立派な刀を差していたが、腕は立つのかい？」

「さあ、どうでしょう。副島様はどこぞの道場主がお気に入りで、大分肩入れされておられるとかで、彰二郎様もよく稽古《けいこ》をなさっているそうですが」

千吉らの顔に緊張が奔《はし》った。軍兵衛も、逸《はや》る心を抑え、殊更《ことさら》さり気《げ》なく訊いた。

「詳しいな。誰に聞いたんだ？」

「小島様の中間でございます。どこぞの御大名家の中間部屋で博打《ばくち》を……」

はっとして、番人は口を噤《つぐ》んだ。

「構わねえ。野暮《やぼ》なことは言わねえから、続けてくんな」

「……博打の帰りに、ここに寄って、時折愚痴《ぐち》っておりますんで」

「何を愚痴るんだい」

「彰二郎様が小島の若様に稽古を付けるのだそうでございます。で、小島の若様は、その鬱憤《うっぷん》晴らしとでも申しましょうか、若党や中間に無理矢理稽古を付けるんだとか」

「そりゃ、適《かな》わねえな」

「その通りなんでございます」

「その道場ってのは」

「そこまでは……何か、お調べでも」

「そうじゃねえ。ただ、反《そ》っくり返って歩いていたんで訊いたまでさ。副島の家と小島の家は、元々親しいのかい？」

「小島の若様とあの彰二郎様は、どこぞの学問所で机を並べていた仲だとか、聞いたことがございますが」

「成程な。ところで、その小島様の中間ってのは、何て名だい？　博打場に出入りしているのなら、俺たちが探している中間を知っているかもしれねえから、ちょいと声を掛けてみようと思うんだが」

「太助《たすけ》と申します。鬼瓦《おにがわら》のような顔をしていますが、根は気のいい奴でございます」

「ありがとよ」

　礼を言っているうちに、彰二郎らが小島家から出て来た。屋敷に上がり込んでいる余裕はなかったのだろう。恐らく玄関口で立ち話でもして来たに違いない。

家の用で出掛け、供の者がいるにも拘《かかわ》らず、帰りに私の用で友の屋敷に寄る。武人としての気構えが欠けていると言わざるを得ない。やはり、その程度の男なのだ。

彰二郎らは、遠回りをして市ヶ谷御門を見遣ってから、三番町通りの屋敷に戻って行った。

「どういたしやしょう?」千吉が訊いた。欽治が千吉の後ろから覗き込むようにして聞き耳を立てている。

「見張りを続けるしかねえな」軍兵衛は千吉に言ってから、欽治に声を掛けた。

「何でえ、うんざりしたような顔をしてるじゃねえか」

「ねえ、旦那。何かこう、ぱっと捕物にはならねえんですかい」

「捕物は最後の最後だ。それまでは外堀をせっせと埋めるんだよ」

「そうなんで……」欽治の肩が、目に見えて下がった。地道な見張りに飽《あ》きて来ているらしい。

「だが、今日はおめえさんのお蔭《かげ》で、若侍が彰二郎だと分かった。後は、彰二郎の取り巻きの中から、杉山小一郎を手に掛けた男を割り出すだけだ」軍兵衛は袖《そで》口《ぐち》から小粒を取り出すと、欽治の手を取り、握らせ、これで飲んでくれ、と言った。「俺たちは、今日も見張りを続けるが、おめえさんは少し休むといい。何かあったら知らせるから、その時は来てくれよ」

「よろしいんで？」

「その代わり、長屋の近くで飲み、必ず借店《やさ》に戻って寝るんだぞ。探し回らなくちゃならなくなるからな」

「心得ておりまさあ。ここんところ飲んでいねえんで、咽喉《のど》が干上がってたんですよ」

欽治が大仰《おおぎょう》に相好《そうごう》を崩《くず》した。

「済まなかったな」

「行っても、構いませんよね？」

「ああ、構わねえよ」

「ちょいと待った、は無しですぜ」

「言わねえよ」

「では」

飛ぶように去って行く欽治の後ろ姿を見ながら、千吉が言った。

「あっしらですが……」

「また見張りだ。彰二郎が出掛けたら尾ける。夜になって中間が抜け出して来たら、上手《うま》いこと言って近付き、酒を飲ませ、さっきの番人が言っていた道場のことを聞き出す。奴は動く。もう暫くの辛抱だ。頼むぜ」

「承知しやした」千吉が新六と佐平を見た。新六と佐平は頷くと、千吉の後に従った。

軍兵衛らは副島丹後守の屋敷には一瞥《いちべつ》もくれず、長屋門の前を通り、辻番所に向かった。

二

同三日。軍兵衛らが、番町の辻番所を見張り所にして、旗本・副島丹後守の屋敷の出入りを見張っている頃──。

臨時廻り同心・加曾利孫四郎は、手先に使っている霊岸島浜町《れいがんじまはまちょう》の留松《とめまつ》と福次郎《ふくじろう》を引き連れて柳原通りを見回っていた。

既に、夕七ツ（午後四時）の鐘が鳴って半刻近くが経つ。

もう半刻もすれば、掌《てのひら》の三本の手筋も見えなくなる。そうなれば暮れ六ツ

（午後六時）だった。

「今日はこれまでとするか」と加曾利が、留松と福次郎に言った。「俺たちぁ、働き過ぎだ。帰るぞ」

「へい」留松に遅れて、福次郎が嬉《うれ》しそうな声を上げた。

それでも八ツ小路までは歩こうと、土手沿いに歩いていると、一町（約百九メートル）程先にある柳森稲荷を過ぎた辺りの土手の藪《やぶ》の中から、男が下りて来るのが見えた。

加曾利には見覚えのない男だった。

古傘買いの麻吉である。麻吉は鋭《するど》く左右に目を配ると、着物の裾《すそ》を叩《はた》き、内神田の家並に染み込むようにして消えて行った。

「見たか」

「へい……」留松が答えた。

「野郎、何をしていたんだ？」加曾利が、どちらにともなく訊いた。

「野糞《のぐそ》じゃねえんですかい。裾を叩いておりやしたから」福次郎が言った。

「違うな。身のこなしからして、目端《めはし》の利いた風な野郎だ。ああいう手合いは、糞をしたくなったら長屋の雪隠《せっちん》を借りるか、ちょいと歩いて稲荷の近くで罰当たりをするもんだ」

「では、何を？」留松が尋ねた。

「ちいっと気になるな。確かめてみようぜ」

言うや、加曾利は麻吉が出て来た藪に入り込み、土手を登り始めた。

「ねえとは思うが、糞《くそ》を踏むなよ」加曾利は、振り返りもせずにふたりに声を投げた。

留松に続いて福次郎が、足許《あしもと》に気を配りながら藪をしごいた。朽《く》ちた枯れ草が、足を捉《とら》える。

あの野郎、と福次郎は口の中で毒づいた。余計なところから出て来やがって。

枯れ草を摑《つか》み、土手を登る。

福、と頭の上の方で、留松の声がした。さっさとしねえか。

福次郎は急いで登り、腰を伸ばし、辺りを見回した。右手の繁みの中に留松の姿があった。ひょい、と灌木《かんぼく》を回り込もうとして、福次郎は何かに足をすくわれ、横転し、そのまま土手下まで転げ落ちてしまった。

「どうした？」留松が叫んだ。

「済いやせん。何かに足を引っ掛けやした」福次郎が土手を見上げながら答えた。

「慌て者が、しっかり……」留松の声が途中で途切れ、加曾利を呼ぶ声に代わった。

加曾利が藪を掻き分け、留松の側に立っている。

「親分、何があったんです？」

福次郎の問いには答えず、加曾利と留松は、福次郎が転げ落ちた辺りを中心に土手を這《は》いずり回っている。

福次郎は、足を取られたところまで泥だらけのまま登って行った。灌木から灌木へと、細い縄が張られているのが目に付いた。

「罠《わな》だ」と加曾利が、土手の上から福次郎に言った。「仙十郎たちが引っ掛かったのと同じ仕掛けだ」

「するってえと」

闇鴉の仕業《しわざ》ということになる。では、あの男が闇鴉なのか。

「なんてえこった」

思わず声を張り上げた福次郎に、留松が言った。

「いいから、大声を出さずに登って来い」

福次郎は、言われた通り、加曾利と留松のいるところまで登って四囲を見回した。足首から膝頭の高さのところに、縄が張り巡らされていた。

「本当に闇鴉でやすか」

「まず、間違いねえ」

「仕掛けを張り替える。さっさとやって、下りるぞ」

加曾利は縄の片方を解《ほど》くと、反対方向の灌木の根元に結わえ付けた。留松と福次郎も、加曾利の遣り方を真似《まね》て、縄の張る位置を移した。張り替えには、さほどの時を要しなかった。加曾利が、息を吐いている福次郎に言った。

「俺たちは土手下を見回って、闇鴉がどこのお店《たな》を狙っていやがるのか、当たりを付けてみる。福次郎、お前は奉行所に走って、見た通りのことを島村様に伝えてくれ」

「へい」

「こんな仕掛けをずっと放っておく筈はねえ。野郎が動くとすれば、今夜だ。俺たちも、直ぐに戻る」

「承知いたしやした」

福次郎が藪に飛び込むようにして下って行った。加曾利の背が、福次郎を追うように、土手下へと動いている。留松は滑って転ばぬようにして続いた。

近くの町内を見回ったが、闇鴉が狙いそうなお店は絞り込めなかった。大店《おおだな》もあれば、手堅い商いをしている店もあり、評判の料理茶屋もあった。

「仕方ねえ。奉行所に戻るぞ」

「ここに残って、見張っておりやしょうか」留松が言った。だが、加曾利は首を横に振った。

「万が一にも気取られたらいけねえ。それでなくとも、逃げ道に罠を張るような小賢《こざか》しい奴だ。ここは一旦退《ひ》いてやろうじゃねえか」


暮れ六ツの鐘が鳴って半刻が過ぎた。

また明日としようぜ。軍兵衛が、千吉らに言ったところに、足音を立てて走って来る者がいた。人相を見分けるには、暗過ぎる。軍兵衛らは、念のため辻番所の中に身を潜めた。

「相済いやせん。こちらに……」

飛び込んで来たのは、福次郎だった。島村恭介に、番町の辻番所に詰めて見張りに付いている旨は届けてあった。島村の使いで来たとすれば、何ごとかが出《しゅっ》来《たい》したに違いなかった。

軍兵衛は明かりの中に姿を晒《さら》した。途端《とたん》に福次郎の眉《まゆ》が開いた。

「旦那、大変でございやす」

千吉らだけでなく、辻番所の番人も驚いて、福次郎が口を開くのを待ってい
る。

「待て。裏に回れ」

軍兵衛は裏から出ると戸を閉め、小声で言え、と福次郎に命じ、耳を寄せた。

福次郎の話は、軍兵衛を驚かせるのに十分だった。軍兵衛は辻番所の番人に礼
を言うと、千吉と新六と佐平、福次郎に向かって言った。

「走るぞ」

北町奉行所の御門内は、慌ただしい動きを見せていた。

丁度、月番である南町奉行所に出向き、捕方配備の打ち合わせをして来た定廻
りの筆頭同心・岩田巌右衛門《いわたがんえもん》が帰り着いたところだったらしい。岩田の背を追う
ようにして玄関口に入ると、当番方の同心が軍兵衛に、

「島村様がお待ちでございます。お急ぎ下さい」

と奥を手で指した。年番方の詰所に行け、と言っているのだ。

「分かった」

千吉らに大門裏の控所で待つように言い、奥へと急いだ。

年番方の詰所には、島村恭介の他、加曾利孫四郎、小宮山仙十郎、そして岩田巌右衛門と宮脇信左衛門がいた。

「遅くなりました」軍兵衛が敷居を跨《また》ぐと、岩田と仙十郎が背筋を前に傾けるようにして礼をした。軍兵衛は礼を返してから、加曾利と宮脇に、お手柄だったな、と言った。

「俺の目は誤魔化せねえんだよ」加曾利が言った。

「当分、鼻息が荒そうだな」

「我慢せい」

「信左も、いい読みだった。やはり、大したもんだな」

「ひとの動きには、癖《くせ》というものがございます。それさえ摑んでいれば……」

「信左、そこまでだ」島村が制した。「軍兵衛も、調子に乗せるでない。第一に、捕えた時に手柄と言うべきであって、まだ早い」

岩田、と島村が続けて言った。南町は、何と言っておった？

「まず、大層慌てておりました。刻限からして、定廻りも臨時廻りも組屋敷に戻っておりましたので、直《ただ》ちに呼び集めるため、ひとを走らせておりました」

「それで」

「闇鴉捕縛の指図はこちらに任せてもらい、柳原土手一帯と自身番に詰める捕方の頭数は向こうに任せました」

「南町は総掛かりになるか」

「そうなります」

「采配《さいはい》はこちら、動くのは向こう。手柄をくれてやるのだから、それくらいはさせてもよいか」

「そのように存じます」

「やはり、このような仕事は岩田だな。得難《えがた》い男よの」

「恐れ入ります」

「で、闇鴉だが、加曾利、軍兵衛、そして仙十郎。当方は、其の方ら三人で事足りるな」

「私ひとりでも十分でございますが」加曾利が答えた。

「軍兵衛はどうだ？」島村は加曾利を無視して訊いた。

「孫四郎は私の右腕、仙十郎は左腕。まあ、いないよりは増しですな」

島村は、首を小さく振りながら仙十郎に訊いた。

「其の方はどうだ？」

「北町の名にかけて、取り逃がすものではございません」

「聞いたか、軍兵衛、加曾利。これからは、返答の仕方を仙十郎に習うがよいぞ。そうであろう、信左」

「とは存じますが、何と申しますか、葱《ねぎ》は癖があるゆえ美味い、ということもございますし」

「何が言いたいのだ？」

「少々、ひとと違うのも貴重か、と」

「少々か」

「……いいえ」

「其の方、徐々にこやつらに毒されて来ておるぞ。気を付けるがよい」

島村は、口とは裏腹に、愉快そうな笑みを見せると、儂《わし》は、と言った。

「このまま奉行所におる。恐らく、加曾利が読んだ通り、闇鴉が現われるのは今夜のことだろう。よき知らせを待っておるからな」

「はっ」

軍兵衛と加曾利らが声を揃《そろ》えた。

鐘が鳴った。五ツ半（午後九時）の鐘だった。

三

軍兵衛と加曾利孫四郎は、それぞれの手先たちとともに、闇鴉が仕掛けを張った土手を見渡せる籾蔵《もみぐら》跡地近くの町屋にいた。柳原土手の南側であるこの辺りは、古着を商う床店が軒を並べているが、人が住んでいる訳ではない。夜になれば、人気《ひとけ》はなくなる。間遠《まどお》に置かれた常夜灯の灯《ひ》が、心悲《うらがな》しく瞬《またた》いているだけである。

その一軒を見張り所として借りて来たのは、南町奉行所の臨時廻り同心・友納《とものう》馬之助《うまのすけ》であった。

友納は五十二歳。軍兵衛のひとつ年下になる。定廻りから臨時廻りへと歩んで来た道程は、ほぼ軍兵衛と同じだ。しかし、軍兵衛はだからと言って友納に親しみを覚えはしなかった。友納の話し振りが気に入らなかったのである。

何か話そうとすると、顎《あご》が前に突き出る。尊大に見えた。横を向いて話せ、と言いたかったが、相手は南町の者である。仕方ねえ。横を向いて話を聞いた。

床店に潜んで一刻（二時間）が経っていた。灯火《とうか》もない、暗く、寒い床店の中で、友納とその手先の頭数も加えると、十人余の人数が息を殺していたことになる。限界だった。戸を蹴破《けやぶ》りたい衝動が、軍兵衛の中で渦巻《うずま》いていた。

小宮山仙十郎は、南町の定廻り同心とともに、和泉橋南詰東にある辻番所に詰めている。そこは、明かりもあれば火の気もあった。

「畜生《ちくしょう》、若い癖に、楽な方を取りやがって」

軍兵衛と同じ思いなのか、加曾利が悪態を吐《つ》いたが、火の気のない床店を選んだのは加曾利自身だった。

夜空にかかる三日月が鋭く冴え、寒さが募《つの》った。そろそろ夜九ツ（午前零時）になる頃合だった。

咳《せ》き込みそうになった友納の手先が、手拭を口に押し当てている。

「んっ……」

外の暗がりに目を凝《こ》らした。闇の奥で何かが動いている。

犬にしては、大きい。ひとに相違なかった。

軍兵衛に遅れて気付いた友納が、顎を粗末な窓枠に載せるようにして板の隙間から見遣っている。軍兵衛は友納の胸に手を当て、顎を引かせた。

影は闇の中から進み出て来ると、軍兵衛らのいる見張り所の前を通り、柳原通りを見回した。三日月の他には、常夜灯の仄《ほの》かな明かりが影の顔を照らしているのみだ。目を凝らした。青白い顔が、張り詰めた夜気に浮かんだ。見覚えのある顔だった。

「こいつは、たまげた……」

軍兵衛が秘《ひそ》かに呟《つぶや》いたのを、加曾利は聞き逃さなかった。問い掛けしようとしたが、軍兵衛は男を見詰めたままでいる。加曾利は気配が乱れぬよう、口を閉ざした。

軍兵衛は、浪人・津田仁三郎の助勢に飛び出して来た時の素早い動きを思い起こした。隙《すき》のない身ごなしが、重なった。

（古傘買いの野郎だ……）

麻吉は、背中から暗がりに入り込むと、そのまま溶けるようにどこかへ消えた。

「今なら間に合う。捕まえよう」友納が見張り所の戸に手を掛けた。

だ。

「まだだ」

軍兵衛が止めた。采配を振《ふ》るうのは、北町である。友納が顎を突き出して睨《にら》んだ。

「あいつが闇鴉かどうか、まだ分からねえ。有無を言わせねえためにも、どこかに盗みに入って出て来たところで引っ括《くく》るんだ」

「忍び込むところを捕えれば、よいではないか。逃がしはせぬ」

「では、教えてくれ。奴がどこを狙っているのか」

「それは……」友納が言い淀《よど》んだ。

「分からねんだよ、俺たちには。だから、奴をこっそり尾けなければならねえ。で、奴がどこぞのお店に入ろうとしたところで、御用だ、と叫んで飛び出そうってぇ寸法なんだろうが、そう上手く行くか。真夜中で、猫の子一匹歩いていねえところを、どうやって気付かれずに尾けようってんだ。出来ると思うのか」

「………」

「奴は、殺しはやらねえ。だから、出て来るのを待てばいいんだ。その間に、この辺りをぐるりと取り囲めば、捕えたも同然だ」

双方の手先たちが、暗がりの中で息を殺して聞き耳を立てている。

友納が、窓枠を拳で叩いた。枠の木がしなり、鈍《にぶ》い音が見張り所に響いた。

「闇鴉を見知っているようだったな」加曾利が軍兵衛に訊いた。

「まあな」

「何……！」

友納が、怒りを含んだ目で軍兵衛を睨むと、気付かなかったのか、と詰め寄った。

「まったく、分からなかった」

「それでよく臨時廻りが務まるな」

「お前、うるせえぞ、吠《ほ》えてばかりいやがって。犬でも憑《つ》いているんじゃねえか」

「軍兵衛」加曾利が間に割って入った。「止めろ。今は捕物の最中だ」

「そっくりそのまま、そこのお犬憑きに言ってやれ」

「犬など憑いてはおらぬ」友納が唾《つば》を飛ばした。

「では、何だ？　狐《きつね》か、狸《たぬき》か、狢《むじな》か」

「いい加減にしろ、軍兵衛」

加曾利は暗がりに向かって、友納殿の手先はいるか、と言った。声が三つ上がった。

「友納殿を外へお連れし、この辺り一帯を取り囲め。その先のお指図は友納殿に仰《あお》ぐがよい」

「承知いたしやした」

黒い影が三つ、友納を外へ押し出すと、間もなく柳原通りを駆け出して行った。

「千吉」と軍兵衛が、今までの高ぶりが嘘《うそ》のように穏やかな声で言った。蠟燭《ろうそく》に火を点《つ》けてくれ、茶でも飲もうじゃねえか。

「よろしいんで?」

「構わねえ。ついでだ、握り飯も、食っちまおう。後は、南がやってくれるだろうしよ」

千吉が、店の隅に置いてあった火打ち箱を取り出し、火打ち金に火打ち石を打ち付けた。闇の中に火花が散った。火花は火口《ほぐち》に落ち、赤く燃えている。素早く息を吹き掛け、火を熾《おこ》し、付木《つけぎ》に移した。千吉と新六、佐平の顔が闇に浮かんだ。火が蠟燭の灯芯に移り、見張り所の中が仄明るくなった。

「わざと喧嘩《けんか》を売ったのではないだろうな?」加曾利が、笑みを漏らした。

「俺が、そんな男に見えるか」

「何と答えればいいんだ？」

「顎《やつ》の面が気に入らなかったんだ」

「島村様の苦労が、しみじみと分かった」

「何を言うか」

　重箱に詰められた握り飯と、煮染めを食べ、茶を飲んでいるうちに、見張り所の外の気配がにわかに慌ただしくなって来た。

「始まるのかな？」

　加曾利が、握り飯を片手に、細く押し開けた窓から通りを見渡した。留松と福次郎も、脇から見ている。

「いやいや、大変《てえへん》な人数だ。あれでは逃げられんだろう」

「逃げ果《おお》せたら、化け物でございやしょう」留松が言った。

「賭けるか」軍兵衛がふたりに言った。

「旦那」千吉がたしなめた。

　突然、見張り所の裏手の方で、怒号《どごう》が沸《わ》き立った。仕事を終えた闇鴉と、捕方が出会《でくわ》したのだろう。

「あいつはな」と軍兵衛が、津田仁三郎を助けた時の身体の動きを皆に話した。

「夜の闇の中では捕まらんよ」

茶のお代わりをしていると、見張り所の戸が勢いよく開いた。友納が悪鬼の形《ぎよう》相《そう》をして、喚《わめ》いた。

「何をしているんだ？　手伝え」

「梃摺《てこず》っているようですな」軍兵衛が訊いた。

「今、行くところだ」

加曾利が叫び、立ち上がった。それを見て、友納が戸口から走り去った。

「行くか」

軍兵衛は千吉らに言い、刀を腰に差し、蠟燭を吹き消した。

屋根を見上げている捕方に、闇鴉がどこにいるのか訊いた。

「上のどこか、でございます」

「上って、屋根の上ってことか」加曾利が訊いた。

「左様でございます。右から左へ、左から右へと飛び移るので、見当《けんとう》が付かず、行方が分からなくなっております」

「むささびのような奴だな」

「まさに、それでございます」捕方は口を開けて、屋根を見上げている。

「行ってみるか」

軍兵衛は路地を抜け、町屋に入った。加曾利らも続いた。何か黒いものが、頭上をよぎった。

「いたぞ。闇鴉だ」

叫び声を発したのは、小宮山仙十郎だった。手先の銀次らを伴い、半町（約五十五メートル）程向こうから駆けて来る。

闇鴉は、町屋から地上に下り立つと、捕方の足を掬《すく》い、柳原通りを横切って、土手の薮に潜《もぐ》り込んだ。

「おっ」と加曾利が嬉しげに叫んだ。

「あそこでございやす」留松が声を上げた。

「捕えろ」加曾利が十手《じって》を振るった。

留松と福次郎、そして千吉らに続いて、仙十郎と銀次らが薮に入った。留松らの頭の上の方で、縄に足を取られ、闇鴉が転んでいる。

追い付いた福次郎が、飛び掛かろうとして、顔を蹴られ、土手下に転がり落ちて来た。

入れ替わるようにして先頭に立った留松が仕掛けのところに着いた時には、闇鴉の姿はどこにもなかった。

「捕えたか」加曾利が土手下から叫んだ。

「逃げられやした。追い掛けやす」留松が答えた。

「よし。福次郎と佐平を連れて行け」軍兵衛は答えてから加曾利に、和泉橋まで走るように言った。「あの橋を越えさせると面倒だ。頼むぜ」

「承知した」

「新六、供をしろ」

加曾利と新六が柳原通りを駆け去った。

「私たちは、どういたしましょう?」仙十郎が軍兵衛に訊いた。手先の神田八軒町の銀次と、下っ引の義吉と忠太が固唾《かたず》を呑《の》んでいる。

「柳森稲荷に捕方がいるか、見て来てくれ。いればよし、いなければ、捕方が来るまで見張っていてくれ」

「鷲津さんは、いかがなされます?」

「この辺りにいる」

「では、義吉を置いていきますので、何かの時にはお使い下さい」

「ありがとよ」

仙十郎らが遠退《の》いて行った。

軍兵衛は、夜の闇の中に沈み込んでいる土手を見上げた。


麻吉は足を止め、耳を澄ませた。遠くから追っ手の声が聞こえて来た。

ちっ、と舌打ちし、藪の葉擦れの隙間から柳原通りを見下ろすと、御用提灯が揺らめいている。土手一帯が取り囲まれているのだ。

縄の仕掛けもばれていた。動きはすべて町方に読まれていたことになる。

冗談じゃねえ。まだ捕まって堪《たま》るかよ。

背を屈め、足を速めた。行き先は、決めていた。あの女だ。この十町の土手に、頼れる者はあの女しかいなかった。

この期に及んで、ひとに縋《すが》ろうとする己を嗤《わら》いたかったが、捕まりたくはなかった。ひと様のお金《たから》を頂戴して、気儘《きまま》に生きる盗人《ぬすっと》稼業は誇れたものではないが、だからと言ってそれを諦めるつもりもなかった。逃げ延びるしかない。

藪を分け、地べたを這い、清水山に向かった。藪が次第に濃くなっていく。探すのに手間取っているのだろう。追っ手の気配は伝わって来ない。突き放すことが出来たのだろうか。

小さな洞穴《ほらあな》があった。清水が湧き出している。麻吉は頰被《ほおかぶ》りを外すと這いつくばって水を飲み、土で汚れた手足を洗った。

藪の丈が高くなった。掻《か》き分けた。藪の奥に、筵《むしろ》小屋があった。

「姐《ねえ》さん、いなさるかい？」声を掛けた。

「誰だい？」

「こないだのもンだが、いいかな」

「ちょいと待っておくれ」

筵小屋の中に小さな明かりが灯《とも》った。闇の中を逃げて来た麻吉には、思わず立ち竦《すく》む明るさだった。だが、消してくれとは言えない。

「お入りな」

麻吉は筵に手を掛け、そっとめくった。着物に包《くる》まった女が、首を傾《かし》げ、しどけなく茣蓙《ござ》の上に座っていた。

「来たね……」

「ああ、来たぜ」

遠く、足の下の方で、ひとの声がした。尖《とが》った声だった。

女が、麻吉を見た。麻吉も、女を見た。

「袖って言うのよ、あたし」

「俺は……」

「追われているんだね？」

「そうだ」

袖は、ふうん、と鼻を鳴らすと、安心おしな、と言った。

「匿《かくま》ってやるよ」

「いいのか」

「そのために来たんじゃないのかい？」

「まあ、そうだ」

「だったら、ぼんやりしてないで、こっちにおいでな」

袖は枕許《まくらもと》の茣蓙をめくった。横に板が敷いてある。板を取ると、窪《くぼ》みがあった。

「ここに入って、寝そべって」

「土ん中にかい？」

「そうだよ。なあに、ぼろに包《くる》まってりゃ汚れないし、ここなら誰が来たって分かりゃしないよ。あたしのとっときの隠れ場所さ。嫌な客や、煩《うるさ》い岡《おか》っ引《ぴき》がうろついている日は、こん中に入ってやり過ごすんだよ」

尚《なお》もためらっている麻吉の耳許に、口を寄せ、

「あたしを信じな」袖が言った。

「分かった」

ぼろを被って窪みに入り、横になった。

「狭っ苦しいだろうけど、我慢おし」

辺りの土が払われ、板が被せられた。茣蓙を敷く音がした。身動きひとつ出来なかったが、湿った土に包まれているのが、かえって心地よかった。

明かりを消しているらしい。息を吹き掛ける音がした。

袖が寝転んだのだろう。板に重みが加わった。

「分かってたよ」と袖が小声で言った。「こうして逃げて来るだろうってさ」

「…………」

「窮屈《きゆうくつ》だろうけど、眠りな。目が覚めれば、またお天道様《てんとさま》が上がっているよ」

「…………」

「誰か、来た。音、立てるんじゃないよ」

袖の声が途切れた。乱れた足音が重なり、続いた。

「おう、誰かいるのか」

御用提灯が揺れた。十手が提灯の明かりを映し、細く光った。細い光は筵に伸び、荒っぽくめくり上げた。

「お遊び、ですか」袖が、寝ながら答えた。

「そうじゃねえ。御用の筋だ」

筵小屋に提灯が差し込まれ、人影がそれに続いた。

「おめえ、ひとりか」

「見ての通りでございますよ」

「誰か来なかったか」

「来れば、素通りなんぞさせるものですか。それにしても、こんな刻限に何の騒ぎです？　何かあったんですか？」

「てめえの知ったことじゃねえ」

「でしたら、用が済んだら、とっとと行っておくんなさいよ。客が寄り付かなくなるじゃありませんか」

「笑わせるんじゃねえ。こんなところに、誰が来るかよ」

岡っ引が筵の端を摘《つま》み、力任せにぐい、と引いた。小屋がぐらぐらと揺れた。

「ちょいと、無茶をしないでおくんなさいよ」

「うるせえ。俺を誰だと思ってやがる。南町の旦那に目を掛けていただいている……。そんなことは、どうでもいい。それよりも、てめえだ。こんなところに小屋なんぞ建てやがって、どういう料簡《りょうけん》でえ？」

「あたしだって、こんなところにいたかありませんよ」

「なら、帰ればいいじゃねえか。塒くらいあるんだろうが」

「帰れないんですよ」

「訳を言ってみろ」

「こんな刻限じゃ長屋の木戸を開けてもらえないんです。すっかり嫌われちまってるんでね」

「しょうがねえな。凍《こご》え死んでも知らねえぞ」

「寒いより痒《かゆ》いんですよ」

袖は軽く合わせた小袖の胸許に手を入れ、身体を掻く真似《まね》をして見せた。

「何かいるとしか思えないんです。親分さん、後生《ごしょう》だから掻いておくんなさいな」

「うるせえ」

行くぞ。岡っ引が子分どもに言った。こんなところに長居は無用だ。

岡っ引らは、唾《つば》を吐き散らしながら、足早に去って行った。

「行っちまったよ」

袖が莫蓙の上に座り直して、麻吉に言った。

「済まねえ。助かったぜ」

「まだ、いるんだろ?」

「朝まで、寝させてもらってもいいか」

「勿論《もちろん》だよ。あたしも、添い寝させてもらうよ」

「心強いぜ」

四

二月四日。暁七ツ（午前四時）の鐘が鳴った。

軍兵衛の許に、加曾利孫四郎と小宮山仙十郎、手先の神田八軒町の銀次と霊岸島浜町の留松が、それぞれの子分たちを引き連れて集まった。

軍兵衛は腕を組んだまま、土手を見ている。

皆に遅れて小網町の千吉が、新六と佐平を連れて和泉橋の方から戻って来た。

和泉橋の近くには、友納馬之助らが詰めている床店があった。

「旦那、南の連中、すっかり諦めちまったようですぜ」

「そうか」

「歯を見せてくっちゃべっていて、見られたもんじゃありやせんでした」

「見張りは立ててあるんだろうな」

「和泉橋にも柳森稲荷にも、あちこちに捕方はおりやしたが」

「いりゃあ、いい」

「へい……」

通りを振り返った千吉が、旦那、と声を潜めた。噂《うわさ》をすれば何とやら。南の顎が来ましたぜ。

軍兵衛は、組んでいた腕を解き、通りを見た。友納が、顎を撫《な》でながら、近付いて来た。

「逃げられたようですな」友納が言った。「あの時に捕えておけば、疾《と》うに済んでいたとは思いませぬか」

「捕まえてから、責めて吐かせようってのかい」

「それもまた、御定法《ごじょうほう》のひとつではないですかな」

「御免だね。拷問《ごうもん》に掛けて無理矢理吐かせるなんてのは、俺の流儀じゃねえ」

「御奉行にも、そのように申し伝えますかな。この不始末、責めは負って下さるのでしょうな」

「友納殿」加曾利が進み出た。「ちと言葉が過ぎるのではないか。誰のお蔭で、この捕物に南が加われたと思っているのだ」

「それと、これとは別の話でしょう」

「おい、南町ではそれで通るかもしれぬがな、北町ではな」加曾利が強い口調《くちょう》で言った。

「孫四郎、言わせておけ」

「しかし、な」

「今度は、仲間内で喧嘩ですかな」

立ち去ろうとする友納を、軍兵衛が呼び止めた。

「どこに行かれる?」

「帰るのですよ。これ以上いても、仕方がないでしょう」

「土手から出て来た気配はねえんだ。奴は、まだ中にいる。待っていれば出て来るぜ」

「これだけの人数で、土手を端から端まで探して、いなかったのですぞ」

「見落としたんだろうよ」

「お前も探しておったな」友納が、唐突に千吉に声を掛けた。

「へい」

「誰か見掛けたか」

「いいえ……ですが、旦那、土手は広いですし、この暗さです。端から端まで、と仰しゃっても」

友納は、千吉に背を向け、

「逃げられた、と認めてはいかがです」軍兵衛に言った。

「まだ、だ。奴はいる。逃げ道に、罠を張る程の奴だ。潜むところくらい作っていてもおかしかねえ」

「……それ程言われるのなら、暫く待ちましょう。何刻まで待てば納得されますかな」

「明け六ツ（午前六時）を回った頃合だろうな」

「承知しました。闇鴉が出て来なかった時の言い訳を、お聞きするのを楽しみにしておきましょう」

友納は、手先の者どもを促すと、肩を揺すりながら床店の方へと引き返して行った。

「旦那……」千吉が軍兵衛に言った。

「なあ、あの顎だが」

「へい」

「髭《ひげ》が剃《そ》り易そうだとは思わねえか」

暫く前から納豆売りの声が、遠く近く聞こえていた。そして、今、明け六ツの鐘が鳴り始めている。

「旦那……」千吉が、軍兵衛の背に囁《ささや》き掛けた。

加曾利も仙十郎も、腕を組み、土手を見上げている。

「仙十郎」軍兵衛が言った。

「はい」仙十郎が、間髪を容《い》れずに答えた。

「俺と加曾利は、柳森稲荷を見て来る。済まねえが、この辺りを見張っていてくれ」

「心得ました」

軍兵衛が加曾利を促して歩き出した。千吉と留松、そしてふたりの子分たちが後に続いた。

一方――。

筵小屋のふたりは、身を横たえたまま、凝《じ》っと耳を澄ませていた。

風もなく、葉擦れの音もしない。鐘の音だけが真っ直ぐに届いて来た。

「起きているかい？」袖が、頭の下に向かって呟いた。

「ああ、夜が明けたらしいな」

「もう明るいよ」

「町方は、まだいるんだろうか」

「どうだろうね。声はしないようだけどね」

「行っちまったかな」

「だと、いいんだけどね」袖が、身体を起こしながら訊いた。「寝られたかい」

「姐さん程図太くないんでね、寝られなかった」

「あたしは図太いかね？」

「気持ちよさそうな寝息を立ててたぜ」

「初めてだよ、一緒に寝てない男に寝息を聞かれたのは」

「艶《つや》っぽくは、いかねえか」

「出るかい？」

「そうさせてくんな。身体が棒のようだ」

「あいよ。埃《ほこり》が落ちるから、目を閉じといとくれ」

いいよ。袖の声に目を開け、深く、大きく息を吸った。

「ありがてえ。助かったぜ」

麻吉が窪みから這い出した。

「お安い御用だよ」言い終えた袖が、「その格好じゃあ、拙《まず》いんじゃないかい」

と呟いた。麻吉は黒装束のままである。

「何、大丈夫《でえじようぶ》だ」

麻吉は素早く帯を解いて口に銜《くわ》えると、着物を脱ぎ、裏に返した。明るい棒縞《ぼうじま》柄が現われた。

「表だけ変えるんじゃ駄目だよ。それと分かりそうなものは、皆脱いできな。捨てといてやるからさ」

「それじゃあ、迷惑が……」

「今更何だい。拾ったって言えばいいさね」

「済まねぇ……」

黒い腹掛けと股引《ももひき》、そして足袋を脱いで袖に渡した。一度に風通しがよくなった。

「何だか、客らしくなったね」

「………」

始末を終えた麻吉が、

「気を悪くしねえでくれよ」

首から下げた巾着《きんちゃく》から、切餅《きりもち》をひとつ取り出した。二十五両の包みである。

「こいつを受け取ってくれねえかな」

「昨夜の稼《かせ》ぎかい？」

「ああ、これをひとついただいて来た」

「嬉しいけど、もらえないよ」

「どうしてだ？」

「あたしは、身体は売るけど盗みはしない、と決めてるんだよ。だから、もらえないよ」

「ならば、これで姐さんを買えばいいって訳だな」

「お生憎《あいにく》だね。あたしは明け六ツから暮れ六ツの間は、商売はしないのさ」

「受け取ってもらえねえってことか」

「ああ。どうしてもくれたかったら、夜にまたおいでな」

「分かった」

「気を付けて行くんだよ」

「おっかあのような口を利くぜ」

ありがとよ。麻吉は、深く頭を下げ、小屋を後にした。

足裏に枯れ草がかさかさと鳴った。葉を落とした枝の間から、空が見えた。雨の気配はなさそうだった。

ほとぼりが冷めるまで、少しの間地道に働くとするか。

麻吉は、清水山を抜け、柳森稲荷に続く土手の道をゆっくりと歩いた。

誰かに見咎《みとが》められたら、稲荷に詣《もう》でていたのだと言えばいい。

社《やしろ》に出た。賽銭《さいせん》を投げ、柏手を打ち、くるりと向きを変えて柳原通りへの階段を下りた。

早出の職人が急ぎ足で通っている。袖に両の手を入れ、肩で風を切るようにして通りに立ち、職人に混ざって歩き出そうとした。

目の前に着流しの男が現われ、道を塞《ふさ》いだ。三つ紋付の黒羽織に朱房《しゆぶさ》の十手。八丁堀の同心だった。後ろには、同心がもうひとりと岡っ引らしいのが続いていた。

「ご苦労様でございます」

目を伏せ、通り過ぎようとした麻吉を、同心が呼び止めた。

「待ちな」

「何か……」

「挨拶《あいさつ》なしかよ」

「はい？」

「俺だよ。思い出せねえかい」

麻吉は同心の顔を見直して、その男に以前、名を名乗っていたことを思い出した。

まずいところで会っちまった。胸の辺りがきゅう、となったが、噯《おくび》にも出さず、

「あの時の？」と尋ねた。

「北町奉行所の鷲津ってもんだ」

「失礼いたしました。お揃いで、何かございましたんですか」

「知らねえのか」

「昨夜は早寝をしちまったもので」

「そうかい」

「では、御免なすって」麻吉が、軍兵衛と加曾利らに会釈《えしやく》して立ち去ろうとした。

「今まで、どこに隠れていた？」

「えっ……」

「往生際《おうじようぎわ》が悪いぜ、闇鴉」

「何と仰しゃいましたんで？」

「闇鴉、と言ったんだよ」

「何かのお間違いでは、手前は」

「昨夜、見ちまったんだよ。だからこそ、ここでおめえが出て来るのを待ち構えていたんだ」

「……何のことでございましょう」

軍兵衛は、見張り所にしていた床店の在り処《か》を教えた。そこから、はっきりおめえの面を見たぜ。

「言い抜けは」

「出来ねえ」

「そのようでございますね」

「足掻《あが》いてもいいんだぜ」軍兵衛が間合を詰めた。

「もう十分足掻きましたんで」麻吉が微かに笑みを浮かべた。

「縄を打て」軍兵衛から白い麻縄を受け取った千吉が、手早く後ろ手に縛り上げた。

「孫四郎、済まねえが、こいつを南に届けてくれねえか」

「南の野郎は、直ぐそこで馬鹿面下げているんだ。お前が行って、嫌みのひとつも言って突き出してやればよいではないか」

「俺が行くと喧嘩になる。だから、頼むと言ってるんだよ」

「成程《なるほど》」

「何が、成程だ。任せたぜ」

「旦那。それでは、あっしどもは」千吉が、軍兵衛の前に回り込み、目で問うた。

留松が千吉から縄尻を譲《ゆず》り受け、加曾利の後ろに付き従った。

「分かった」


「どこに行くんだ？」

「見張り所でございますよ、辻番所の。こちらが片付きやしたから、あちらにも目を配らねえと」

「休め」

「そんな……あっしどもならば、大丈夫でございます」

「駄目だ。許さねえ。せめて半日、休んでくれ。俺も、島村様に知らせてから、そうするからよ。まだ先は長いかもしれねえんだからな」

「……ありがとうございやす。では、少しだけ休ませていただきやす」

「そうしてくれ。仙十郎はどうする？」

「町回りがございますので、一旦奉行所に戻ってから、出掛けます」

「若《わけ》えなあ。羨《うらや》ましいぜ」

五

小宮山仙十郎が町回りに出掛け、軍兵衛が組屋敷に帰り着いた頃――。

主《あるじ》・丹後守が登城して間もない副島家の長屋門から、市中に出て行く三つの影があった。副島彰二郎と、供侍の坂井田、それに津田仁三郎に堀へ叩き込まれた利根の三人だった。

三人は神田川沿いに行き、小石川御門を通り、水戸《みと》徳川家の上屋敷の前に出ると、東南《たつみ》の方角へ向かった。湯島聖堂を過ぎ、神田明神の立ち木が望見できる辺りになると、町屋が軒を並べるようになる。

さらに昌平橋、筋違《すじかい》御門と歩を進めた三人は、材木問屋と薪問屋に挟まれた通りへと折れた。神田佐久間町、俗に神田材木町と呼ばれている界隈《かいわい》である。

彰二郎らが訪ねようとしていたのは、通りを奥に入った神田佐久間町二丁目にある一刀流篠原道場だった。道場主は篠原九一郎である。

篠原の一剣に懸ける気概《きがい》をよしとして、副島丹後守はこの十二年間、支援を続けている。だが、熱心に弟子を取り、稽古《けいこ》に励んでいた篠原も、ここ五年程はかっての意気地《いきじ》を失いつつあった。

熱意がある訳でもなく、ただ親の言うなりに通って来る大名家の子弟を相手にしているうちに、最初は失望から、後には易《やす》きに流され、手抜きをすることを覚えてしまったのだ。気付いた時には、遅かった。張り詰めたものが己から失《う》せていた。

その頃から、足繁《しげ》く道場に通って来るようになったのが彰二郎であった。

我が儘《まま》な上に粗暴《そぼう》で、どうしようもない男だったが、弟子が離れ始め、同時に丹後守も支援を渋るようになった頃である。丹後守の子息である彰二郎の機嫌を損ねれば、道場を保つことは難しい。篠原は、畢竟《ひつきよう》彰二郎を丁重《ていちよう》に扱うことに汲々《きゆうきゆう》とするようになってしまった。師範代の酒巻数之助も、柴山五郎兵衛も、篠原に倣《なら》った。彰二郎はそんな篠原らの思惑を敏感に悟り、さらに図に乗った。

それを不快に思ったこともあったが、抗《あらが》おうとする己はいなかった。

彰二郎様がどこぞに養子に行かれ、その家の家督《かとく》を継がれれば、これから先も道場は安泰《あんたい》ではないか。

篠原は膝許に目を落とした。酒徳利《さけどつくり》と湯飲みがあった。

湯飲みの底に残った酒を飲み干し、太い息を吐いた。これが一刀流に命を懸けんとした男の成れの果てか。自嘲《じちょう》の笑みが思わず漏れたが、己の腕は酒徳利を持ち上げ、湯飲みに酒を流し込んでいた。

湯飲みを取り、目の高さに上げた時、目の前にふと、あの明屋敷での光景が浮かんだ。

何の罪もない、見知らぬ浪人であった。止めようとしたが、己の声は、弟子の暴挙を止めるには至らなかった。制止出来なんだからには、同罪と言えよう。倒れた背中を朱に染めた鮮血の色が、甦《よみがえ》って来る。

酒を呷《あお》った。咽喉《のど》に絡み、噎《む》せた。

道場に続く板廊下を足早にやって来る足音が耳に付いた。七人に減った門弟たちに稽古を付けていた酒巻だった。

「彰二郎様がお見えになりました」

「そうか。お通ししてくれ」

道場の方で喚声《かんせい》が上がった。

「どうしたのだ？」

「彰二郎様が、門弟に稽古を付けておいでで」

「早くお呼びいたせ」篠原の眉間《みけん》に皺《しわ》が寄った。大した腕でもないくせに、道場を支援する親の威を借り、近頃はまるで師範代のように振る舞おうとする。尤《もっと》も、それを打ち据えることが出来る程の腕のある門弟もいなかったが。

酒巻が立つのに合わせ、篠原とともに飲んでいた柴山が、酒徳利と湯飲みを素早く襖《ふすま》の外に隠した。

程無くして、酒巻の後ろから、彰二郎が供のふたりを従えて座敷に入って来た。

「稽古はせねばなりませんな。身体が、すっかり鈍《なま》ってしまいました」彰二郎が首筋の汗を拭った。

「手拭を」

「はい」

「それには及びません」

立ち上がろうとした酒巻を止め、少しお付き合い願えませんか、と彰二郎が篠原に言った。

「どちらへ？」

「例の浪人者への意趣《いしゅ》返しをせねば、気が済みませぬ。果たし合いに持ち込む所《しょ》存《ぞん》です。ついては、ご同道をお頼みしたいのですが」

「しかし、誤って斬った一件がございます。今暫くは騒ぎを起こさぬ方がよろしいかと思いますが」

篠原の言葉に力を得、坂井田が膝を進めた。

「篠原先生の仰しゃる通りでございます。ここは、思い直されて……」

「出来ぬ」彰二郎は眦《まなじり》を吊り上げた。「片を付けねば、腹の虫が収まらぬわ」

「しかし、町方も動いておりましょう?」坂井田が食い下がった。

「何をたわけたことを申すか。町方が旗本家に手を出せるはずがないではないか。よしんば、目付が出て来たとしても、浪人の戯《ざ》れ言など、誰も聞く訳がない」

彰二郎は、向きを改め、廊下にいる酒巻に言った。

「酒巻さん」

「は」

「酒巻さんは、あの日、私のために剣を振るって下さった。副島の名に懸けて、町方なんぞに指一本触れさせませんので、そのことはご承知おき下さい」

酒巻は、黙って頭を下げた。

「……相手の浪人が、どこの誰か、調べは付いたのですか」

篠原が尋ねた。

「それを調べに行くのです。が、難しいことではありません」

「分かりました」

「ご同道、願えますか」

「参りましょう」

「そう言っていただけると思うておりました」

「酒巻、門弟たちに、今日の稽古はこれまでにする、と申し伝えい」

「はい」

酒巻が廊下を摺《す》り足で去って行った。

「で、どこに行けばよろしいのですかな？」

「まずは、小網町まで」彰二郎が答えた。

小網町にある塩問屋《上総屋》に入ると、お店の者たちの手が止まった。

武家が六名、突然現われたのである。何事か、と身構えたのだ。

利根喜一郎が一歩進み出て、お店の者たちの顔を眺め回し、ひとりの男に目を留めた。

「あの者でございます」利根が坂井田に告げた。

「そこの者」坂井田が、男を手招きした。

恐る恐る前に出て来た男に、坂井田が名を尋ねた。

「番頭の長兵衛《ちょうべえ》と申します」

「長兵衛、正月の二十四日のことだが、前の河岸で騒ぎがあったな」

「……はい」

長兵衛が坂井田と利根の顔を交互に見てから、にわかに顔色を変えた。

「思い出したようだな」

「何か……」

「あの時の浪人について問いたいのだ」

「手前どもでは、口入屋に頼んだだけでして、あのご浪人様についてお尋ねになられましても、責めは負いかねますが」

「そのようなことではない。あの者がどこの誰かを知りたいだけだ」

「しかし、手前どもには」

「口入屋からの請状があるであろう。それを見せよ」

「ではございますが……」

「ほんの十日ばかり前のことだ。請状がないとは言わせぬぞ」

「どういたしました？」《上総屋》の主が奥から現われ、長兵衛に声を掛けた。

長兵衛が、ことの経緯《あらまし》を手短に話した。

「あのご浪人様にご迷惑が掛かるようなことになりますと、手前どもといたしましても困りますのですが」主人が訊いた。

「いや、そうではない」坂井田が答えた。「それ程の腕ならば、是非とも仕官してもらいたい、と我らが主が仰《おお》せになられてな、それで探しておるのだ」

「左様でございましたか」主は言うと、長兵衛に請状を持って来るように、と言った。

請状の綴《つづ》りが来た。長兵衛は紙を繰《く》ると、主に差し出した。

「この御方かい？」

「左様で」

主が坂井田に綴りを手渡した。

「口入屋は《相州屋》、浪人の名は津田仁三郎。住まいは亀井町の《喜平長屋》となっておるが、この者に相違ないな」坂井田が主に訊いた。

主が長兵衛を見た。長兵衛が頷いた。

「相違ないと申しております」

「騒がせたな」

坂井田は主に言うと、彰二郎を促すようにして外へ出た。

「仕官とは、よく思い付いたな」彰二郎が坂井田に言った。

「咄嗟《とっさ》の出任せですが、あの主、仕官話を本気にはしておらなんだと存じます」

「信じたからこそ、請状を素直に見せたのではないのか」

「いいえ、信じた振りでございましょう。良い話だと思って請状を見せたという形を作ったに過ぎませぬ。後々面倒が起こったとしても、飽くまでもお店には落度はない、それは店の者たちも見ていた、という風に役人には申し立てられますからね」

「商人《あきんど》とは抜け目のないものだな」

「まさに」

「好かぬな」彰二郎は、吐き捨てるように言った。

小網町から酒井《さかい》雅楽頭《うたのかみ》の中屋敷をぐるりと回って、浜町堀沿いに亀井町に向かった。

《喜平長屋》は直ぐに知れた。

「身共が参りましょう」坂井田が言った。

「供は私が」篠原が言い、酒巻と柴山が進み出た。「果たし合いと言われ、逆上するといけませんしな」

「言うべきことは分かっておろうな」彰二郎が坂井田に訊いた。

「柳原土手でよろしいですね」

「あそこの稲荷だ」

「心得ました」

坂井田らが木戸門を潜り、路地を行くと、井戸端にいた女たちが一斉に振り向いた。

「こちらに津田殿はおられるかな?」坂井田が尋ねた。

「そこですが」女のひとりが、借店《かりだな》を指差してから答えた。「今は、おられません」

「御新造は?」

「津田さんは独り身でございます」

「左様か。今日はどこかに働きに出られたのかな」

「いいえ……」

女が口籠《くちごも》っている。坂井田は、女の口を解《ほぐ》すため、またもや仕官話を仄《ほの》めかすことにした。

「我々は怪しい者ではない。津田殿の腕を見込んで、良い話を持って来たのだが、さて、困ったな」

「もしかすると、仕官のお話でございましょうか」

「そう受け取られても構わぬが」

女が横にいる女どもに目配せしてから言った。

「今日の明け六ツの鐘が鳴った頃でしたか、橋本町の木戸番小屋から使いが来ましてね。慌てて出掛けて行きましたが」

「何かあったのかな？」

「誰かが亡くなったとか言って、騒いでいたようですよ」

「分かった。行ってみよう」

《喜平長屋》と橋本町の木戸番小屋とは、一町も離れていない。間もなく着いた。

向かいの自身番の脇に立ち、彰二郎らはそっと様子を窺うことにした。

町内の者たちが、ひっきりなしに出入りしている。

「柴山、様子を見て参れ」篠原が命じた。

柴山は木戸番小屋に行くと、草鞋《わらじ》を求める振りをして奥を覗き込んだ。中から出て来た女が柴山の姿に気付き、頭を下げながら、しきりに話をしている。柴山は、女に小銭を渡し、草鞋を受け取って戻って来た。

「どうであった？」

篠原の問いに、

「木戸番をやっている者の孫娘が、今朝方亡くなったそうです。通夜《つや》の仕度《したく》のために、近所の者どもが立ち働いているようで、番小屋の奥の方に津田という男もいたのかもしれませぬが、分かりませんでした」

柴山は答えた。

「それでは、とても果たし合いの口上など伝えられぬな」彰二郎が腕を組んでいると、坂井田が彰二郎に声を掛けた。

「何だ？」

「ご覧下さい」

坂井田の目の先を追うと、八丁堀同心の姿があった。

徹夜明けの小宮山仙十郎だった。神田八軒町の銀次と手下の義吉と忠太もいる。

「駄目だ。葬儀が終わるまで待つしかあるまい」

彰二郎は木戸番小屋に背を向けると、憮然《ぶぜん》として歩き始めた。

その日の夕方、少しでも見張りをしようと、番町の辻番所を訪れた千吉らの目の前を、彰二郎らが通り過ぎた。外出《そとで》から戻って来たらしい。

「出掛けてたのかい？」番人に訊いた。

「はい、お出掛けでした」

「いつからだ？」

「朝からずっとですが、それが何か」

「いや、何でもねえ」千吉は拳を握り締めた。

第五章　豆松《まめまつ》

一

二月五日。六ツ半（午前七時）。

小網町の千吉が手下の新六と佐平を供に、八丁堀の組屋敷へ出向くと、髪結《かみゆい》が軍兵衛と周一郎の月代《さかやき》を剃《そ》り、髷《まげ》を結《ゆ》い終えたところだった。

「ご苦労だったな」

「では、また明日」

髪結は挨拶《あいさつ》もそこそこに、隣の組屋敷へ回って行った。後四人、髷を結わねばならない。

千吉らが振る舞われた熱い茶を啜《すす》っているうちに、軍兵衛と周一郎の着替えが済んだ。

北町奉行所までゆっくり歩いても、朝五ツ（午前八時）の出仕刻限《しゅっし》には間に合う。ほっと息の吐《つ》ける一時だった。これからまた、見回りに付いた後、見張り所に詰める一日が始まるのだ。

千吉は、さりげなく軍兵衛の様子を盗み見た。何か盛んに片言《かたこと》で話し掛けて来る幼い鷹《たか》の相手をしている。

──彰二郎の野郎、供侍《ともざむらい》を連れて、朝から出掛けておりやした。交替で寝に帰るべきでした。申し訳ありやせん。

昨日の暮れ六ツ（午後六時）頃、見張り所に現われた軍兵衛に耳打ちすると、軍兵衛は、そうか、と言って頬《ほお》の古傷をそっと撫《な》で、

──間が悪い時というのは、そんなものだな。

と言って、小さく笑った。

──仕方ねえ、次の外出を待とうじゃねえか。それからな、お前のひとり決めで皆一斉に寝に帰ったんじゃねえ。俺が、そうしろと言ったんだ。そこんところを間違えられたら、俺の立場がなくなっちまうぜ。さ、今日はこれで上がって、しっかり寝るとするか。

今朝の軍兵衛は、いつもと変わりのない素振《そぶ》りを見せていたが、気落ちしていることは容易に察せられた。千吉は、何か明るい話題はないか、と側《そば》にいた周一郎に話し掛けてみた。

「どうでございやす、もうお勤めには馴《な》れましたか」

無足《むそく》見習から見習になり、お手当も頂戴《ちょうだい》しているのだ、と栄から聞いていた。

「はい。ですが、牢《ろう》屋敷には驚きました」

牢屋《ろうや》見廻《みまわ》り同心《どうしん》に使いに行った時のことを、周一郎が話した。

「そうでございやすね。あそこは、あっしどもも苦手でございやすね。悪さをしそうな奴には、牢の中を見せればいいんでやすよ。金輪際《こんりんざい》悪さをしようとは思わねえはずですよ」

周一郎が声を立てて笑った。

「俺は組屋敷に帰る途中で買い食いをして、亡き父上によく叱《しか》られた。武士たる者、腹が減っても食わぬものだ、とな。その父上も、実はよく食べておられたのを俺は知っているがな。どうだ、お前は道草を食ったことはあるか」

軍兵衛は鷹の柔らかい頬を指先で軽く突《つつ》いてから、湯飲みに口を付けた。

「ございません、と言いたいところですが、一度だけありました」

「こりゃもう、お血筋ですね」思わず千吉が頰をほころばせた。

「いえ、そういう訳では。断れなくて、団子を馳走《ちそう》になったのです」

「誰だ？　知り人か」

周一郎が、請状を拾ったことで、浪人と知り合った経緯《いきさつ》を話した。

「明るく気持ちのよいひとでした」

「それ以上は負担になるといけない。今後は、遠慮いたせ」

「はい。ですが、それ程手許不如意《てもとふにょい》とも思われないのです。と言うのも、袖《そで》に金の大黒様《だいこく》が入っておりまして」

軍兵衛と千吉が顔を見合わせた。

「どのような大黒だ、大きさは？」聞きながら、懐《ふところ》から懐紙《かいし》に描かれた大黒様を取り出して、周一郎に見せた。「このようなものではなかったか」

周一郎は、食い入るように見詰めてから、これです、と言った。

「間違いありません」

「名は？　その浪人の名は知っているか」

「津田さんです。津田仁三郎」

軍兵衛と千吉の口から、同時に声が漏れた。

「何かあったのですか」

「話は後だ」軍兵衛は、大股《おおまた》で刀掛けのところまで行き、大小を腰に差した。

「手が足りねえ。新六、佐平。加曾利ん組屋敷《とこ》に走り、今日一日だけ留松と福次郎を貸してくれるよう頼んでくれ。もし出掛けたならば追い掛けて頼み、ふたりをここまで連れて来るんだ」

「合点《がってん》でさぁ」新六と佐平が木戸門を飛び出した。

「周一郎、お前は春助と出仕し、臨時廻《りんじまわ》りの……おっと、加曾利に言えばよかったのか、俺としたことが、後手に回ってやがる。まあ、いい。加曾利に父は辻強《つじ》盗の一件で亀井町まで調べに走った、と伝えてくれ。分かったな」

「津田さんが、辻強盗なのですか」

「調べてみなければ分からん。帰ったら話してやるから、今は言伝《ことづて》のことだけ考えろ」

「承知いたしました」

周一郎が玄関先で待っていた中間《ちゆうげん》の春助を供に出掛けようとしたところに、新六と佐平が帰って来た。留松と福次郎が後に続いている。おまけに何故《なぜ》か、加曾利まで付いて来ている。

「俺も混ぜろ」加曾利が言った。

「よいのか」

「辻強盗捕縛となれば、大威張《いば》りよ」

「では、頼もう」

「何をすればよいのだ？」

「加曾利は俺と組んでくれ。留松と福次郎は、別口だ。詳しいことは千吉が話す。千吉、ふたりを連れて見張り所に行き、彰二郎の動きを見張るんだ。もし奴が出掛けたら、後を尾《つ》けろ。出掛けてしまっていたら、仕方ねえ、津田の長屋に来い。もし俺や津田がいなかったら、亀井町か橋本町の自身番《じしんばん》に言っておく。辿《たど》って来てくれ」

「お任せ下さい」

千吉らを追うようにして、軍兵衛らも組屋敷を後にし、周一郎と春助が後に残された。

「慌ただしいことですね」栄が、式台まで見送りに来て、周一郎に言った。

「私もあのように素早く動けるようになれるのでしょうか」

「なれますよ。いろいろな積み重ねが身体を動かすようになるのです」

「そうだとよいのですが」

「奉行所に行ったら、何をします？」

「直《ただ》ちに、臨時廻りの詰所に参り、父上と加曾利様が辻強盗捕縛に向かわれたことを知らせておきます」

「ほら、あなただって立派に動けるではありませんか」

言われて気付いた周一郎は、にっこり笑って言った。

「母上、それでは行って参ります」

「ご苦労様です」

栄が頭を下げている気配を背で感じ取りながら、周一郎はくすぐったさと晴れがましさに包まれていた。

八丁堀の組屋敷から亀井町の《喜平長屋》までは、ざっと十二町（約千三百メートル）。

歩き馴れ、走り馴れた軍兵衛らの足にとっては、指呼《しこ》の間と言ってもよかった。

軍兵衛は木戸門から路地を抜け、津田仁三郎の借店《かりだな》の腰高障子《こしだかしょうじ》を叩《たた》いた。返事がない。構わず戸を開けた。借店の中はひんやりとしていた。少なくとも、半刻（一時間）以上前には、出掛けたようだ。

「何かございましたのでしょうか」声を掛けて来たのは、大家の喜平だった。

「津田さんに会いに来たんだが、出掛けちまってるようだな」

「左様でございますね」

「どこに行ったか、知らねえか」

「やはり仕官のことで？」

「そんな話があるのか」

「はい。ここまで御武家様が訪ねて来られたと、店子《たなこ》が話しておりました」

「いつのことだ？」

「昨日の昼前だそうです」

丁度その頃、彰二郎らも外出していた……。

「幾つくらいの者で、どんな身形《なり》をしていた？」

「それは、私には分かりかねますので……」

喜平は、物干しの下にいたふたりの女を呼び、津田を訪ねて来た侍について話すように言った。

「四人いらっしゃいましたが、皆様三十から四十というところで、身形もきちんとしておいででした。あれは間違いなく御大家《たいけ》のお使いです。風格が違いました」

「そのことは津田さんに？」

喜平に訊いた。

「通夜でしたので、外にお呼びしてお耳に入れたのですが、どちらの御家中だかお分かりにならないご様子でした」

「その通夜ってのは、誰が死んだのだ？」

「橋本町の木戸番の孫娘でございます」

「するってえと、今津田さんは、その木戸番小屋にいるんだな？」

「そうだと思いますが、もしかするとお寺の方に行かれたのかもしれません」

「寺はどこだ？」

「さあ、そこまでは……」

「分かった。もしかすると、ここに俺を探しに来る者がいるかもしれねえ。そいつが来たら、橋本町の自身番に行くように言ってくれ」

「あの、私もちょっと用足しに出なければいけないんでございますが」

「明日に延ばせねえか」加曾利が割り込むようにして言った。

「それは、まあ……」

「延ばしてくれ」加曾利が畳み掛けた。

「そのようにいたします」

「頼んだぜ」

軍兵衛らは、長屋を後にして、橋本町の木戸番小屋へ急いだ。

小屋の者を始めとして、葬儀に出た町の月行事《がちぎようじ》の者たちは寺に向かってしまっていた。小屋の留守番に行き先を訊いたが、年老いていて、埒《らち》が明かない。向かい側の自身番を訪ねた。

「疾《と》うに寺へ発《た》ちましたが」当番で自身番に詰めていた大家《おおや》が言った。

寺は、大川《おおかわ》に注ぐ新堀川《しんぼりがわ》沿いの月心寺《げっしんじ》であった。

「新シ橋を渡ると申しておりました。武家屋敷の前を通るのは恐れ多いのと、大通りはなるべく避けたいので、浅草御門の手前で北に折れ、稲荷橋を越えて川沿いに行くそうです」

「分かった。追い掛けてみよう」

「先程の方は、御奉行所の方ではなさそうでしたが……」

「二本差しが来たのかい？」加曾利が訊いた。

「やはり、寺はどこか、とお尋ねでした」

「人数は四人か」軍兵衛が尋ねた。

「いいえ。六人程でした」

「若いのがいたか、十八、九のが」

「いらっしゃいました。一番ご身分がお高いようでした」

「で、教えたんだな。寺の場所を」

「はい」

「俺は、北町奉行所臨時廻り同心・鷲津軍兵衛だ」

大家が改めて低頭し、店番も平伏した。

「千吉という手の者が、ここに来る。月心寺の名と場所を教え、俺が行ったと伝えてくれ」

「必ず伝えますでございます」

再び軍兵衛と加曾利は、新六と佐平を供に走り出した。

番太郎《ばんたろう》の乙吉は、見るともなしに見上げていた空から、ふと目を逸《そ》らした。斜め後ろを津田が歩いている。乙吉は振り返り、津田に囁《ささや》き掛けた。

「本当に、お世話になりました」

「いや、何も力になれず、申し訳なく思っている」

「何を仰《おお》せられます」

「娘に」と津田は言った。「よく似ていたのだ……」

やはり、同じ年頃で病で逝《い》ってしまったのだ、と言葉を添えた。

「左様でございましたか」

乙吉は鼻を啜り上げた。

「娘のように、思うていた……」

津田は、心にぽっかりと空洞が空き、うそ寒い風が吹き抜けて行くのを感じていた。

乙吉が、また何か口にしたが、津田の耳には届かなかった。津田は、己の思いに囚《とら》われていた。

私のしたことなど、何の役にも立たなかった。お種坊も、杉山殿の御新造も、救うことは出来なかった。私は何のために、何をしようとして、生き長らえてきたのだ。

辻強盗をしている己の姿が瞼《まぶた》をよぎった。

旦那《だんな》、また頼みますぜ。夜鷹《よたか》の元締から手渡された金子《きんす》の重さが掌《てのひら》に甦《よみがえ》った。

己が手を汚して得た金子では、誰も救うことは出来ないのか。では、私のような者は、どうすればよいのだ。

人を助けようなどとは思わず、己ひとり、好き勝手に生きていけばよいのか。料理茶屋から出て来た麻吉の姿を思い出した。あの男が裏で何をやっていたかは知らぬ。が、昨日捕えられたと読売が騒ぎ立てていた闇鴉《やみがらす》のような真似《まね》をしていたのだろう。盗みで得た金子を遣《つか》って、豪勢に飲み食いしていたのかもしれない。

私も、あの者のように生きろと言うことなのか。

無性《むしょう》に剣を振るいたくなった。武士《もののふ》として生まれ、ひと一倍剣の修行に励んだつもりだった。己の技量《ぎりょう》を頼りに生き、それだけに縋《すが》って死んで行くのも悪くはないか。そうと割り切れば、もっと楽に生きられるかもしれぬな……。

「津田様」

乙吉に呼ばれ、我に返って指さされた方を見ると、見覚えのある侍が立っていた。あの若侍の供をしていた者だ。

どうして、私がここにいることを知っているのだ。

知っている者は、と考え、直《す》ぐに見当《けんとう》が付いた。荷揚げをしているところを襲われたのだ。私の住まいは、お店《たな》に残っている請状を調べれば分かる。長屋か木戸番小屋に行ったのだろう。

津田は葬儀の列から外れ、何用か、と尋ねた。

「主《あるじ》からの申し伝えである。こちらにも武士の意地がある。果たし合いに応じてもらいたい。さもなくば……」

「承知した」考えもせずに、言葉が口を衝《つ》いて出た。

「……そうか」一瞬、相手が怯《ひる》んでいるのが分かった。訊いた。

「日と所は？」

「一刻（二時間）後、柳原土手にある柳森稲荷では、どうだ？」

「異存はない」

「主に伝える。約束を違《たが》えるなよ」

「………」

津田は何事もなかったかのような顔をして、葬儀の列に再び加わった。

平然と果たし合いの申し出を受けた己に、戸惑いは感じなかった。相手は、あの若侍だ。正々堂々と挑んで来るとは思えなかったが、いかに卑怯《ひきょう》な手を用いられようと、そのようなことはどうでもいいように思えた。

二

月心寺に、軍兵衛らが着いた時には、津田仁三郎の姿はなかった。焼香を済ませると、葬儀を抜けたらしい。

「どこに行ったか、心当たりはねえか」

乙吉の口から、寺への途次《とじ》、追って来た侍と話していたことが分かった。

「何を話していたか、言葉の切れっ端でもいいんだ、聞こえなかったか」

「いいえ、特には」

「何か気付いたことは？」

侍がひどく険《けわ》しい表情をしていたのに対し、津田は落ち着き払っているように見えた、と乙吉は語った。

「そうかい。こんな時に騒がせちまって、申し訳なかったな。勘弁《かんべん》してくれ」

「あの……」乙吉が、心配げに尋ねた。「津田様に、何か……」

「そんなことはねえと思うが、ちょいとな」

「津田様は心根のお優しい、仏様のような御方《おかた》でございます。悪いことなど出来るはずがございません。何か逆恨《さかうら》みでもお受けになっておられるのでしょうか」

「俺も、そう思っているよ」

「そうでございましょう？　この間も、孫娘のために、と朝鮮人参《にんじん》までお持ち下さったのでございますよ。出来ることではございませんよ」

大家ら月行事の者に呼ばれたのを潮《しお》に、乙吉が墓所に向かった。早桶《はやおけ》を埋めなければならない。乙吉の女房・浪の泣き声が起こり、幾つもの泣き声が重なった。

「人参を買った金子《かね》の出所《でどこ》でやすが……」新六が小声になった。「辻強盗でやすか」

「荷揚げ人足の手間賃では、賄《まかな》える額ではないからな」

「話していた侍ってのは、彰二郎の取り巻きでしょうね」佐平が訊いた。

「間違いねえだろうよ」

「何のためでございやす？　襲わずに話をして帰ったってのはおかしくねえです

か」新六が言った。

「六人も雁首揃《がんくびそろ》えていやがるってんだ。どこかに呼び出したと考えた方がいいな」

「するってえと」と言って佐平が、両の手でやっとうの真似をした。「杉山小一郎を斬《き》った奴どもも一緒、ということでやすね」

「どうやら、けりを付けようとしているようだな」加曾利が言った。

「どういたしやしょう？　相手が六人では、敵《かな》うもんじゃありやせん」新六が言い、佐平が頷いた。

杉山の背の斬り口からして、かなりの手練《てだれ》であることは見て取れた。彰二郎とその供侍が大した腕ではないことは分かっているが、残りの中に手練の者が混じっていれば、津田に分はない。

「ともかく、探すぞ。斬られる前に」

軍兵衛は新六とともに新堀川の東側を行き、鳥越橋から浅草御門を通って橋本町へ、加曾利と佐平は新堀川の西側を見回りながら、稲荷橋から左衛門《さえもん》河岸を通り、新シ橋を渡って橋本町へ出ることにした。

「落ち合う場所は橋本町の自身番だ。何かあったら、その辺のお店者を取っ捕まえて使いに走らせろ」

直ぐさま左右に散って、津田を探しながら、神田川方向へと小走りになった。

津田仁三郎は、亀井町の《喜平長屋》にいた。我が身にいつ何が起ころうとも、うろたえることのないよう、借店の中は常に片付けてあったが、妻と娘の位《い》牌《はい》だけは文机《ふづくえ》の上に並べていた。

津田は、風呂敷を広げ、位牌を包むと、ふた包みの金子を添えて、長屋の入り口で小間物屋を営《いとな》んでいる大家を訪ねた。ひとつの包みには、供養《くよう》料と位牌を納める寺の名を記した書付が、もうひとつの包みには、過分な店賃《たなちん》を入れてあった。

「これは津田様、お帰りになられているとは気付きませんでした。実は」

と喜平が、昨日は侍が、そして今日は八丁堀の同心が、続けざまに津田を訪ねて来、しかも借店を覗《のぞ》いて行ったことを告げた。

やはり、ここで葬式のことを知って追って来たのか。あの侍どもがやって来た訳に得心《とくしん》は行ったが、同心が来たという話は驚きだった。辻強盗をした者であると割れたのだろうか。

「何かあったんでございますか」

「心配をお掛けしたが、間もなくすべて片が付くと思う」

「左様で」

「だが、いささか案ずるところもあるので、暫く預かってもらいたいものがある」

津田は風呂敷包みを手渡した。指で探った喜平が、これは、と言って表情を硬めた。

「私が寺に持参すればよいのだが、刻限を切られておってな。私が戻って来ればよし、戻らぬ時は、造作をお掛けいたすが、中に書いてある寺に金子とともに納めては下さらぬか」

「そのようなことは、造作もないことでございますが、一体何が起こったので？」

「言えぬのだ。許してくれ」

「……承知いたしました。津田様のお人柄は、不肖《ふしょう》喜平、よっく存じ上げているつもりでございます。お引き受けいたしましょう。ただし……」

「何かな」

「出来ることならば、戻って来られて、津田様ご自身の手で納めて下さいまし」

「何よりの言葉、ありがたく頂戴する」

津田が《喜平長屋》を出て、四半刻(三十分)程して大家の喜平を岡っ引が訪ねて来た。留松と福次郎を連れた小網町の千吉だった。軍兵衛の指示に従い、副島家の見張りに赴《おもむ》いたが、辻番所で尋ねると、既に彰二郎は出掛けていた。軍兵衛に言われた通り《喜平長屋》を訪ね、津田の借店を覗いたが、軍兵衛も津田も見当たらなかった。

「ここは駄目だ。橋本町の自身番まで行くぞ」留松と福次郎に言い、駆け出した。橋本町の自身番で月心寺を教えられ、寺に向かった。その途中で軍兵衛に出会い、彰二郎の不在を伝えると同時に、津田を探すよう命じられたのだ。

「帰っているかもしれねえ。もう一度長屋を見てくれ」

「承知いたしやした」千吉は福次郎を急がせて、再び《喜平長屋》に向かった。共に動いていた留松は、橋本町の自身番に詰めているよう軍兵衛に言われ、千吉らと別れていた。

「悪いが、もう一度見せてもらうぜ」

千吉は津田の借店の土間に立ち、中を見回した。塵《ちり》ひとつないだけでなく、敷布団も掻巻《かいまき》も一反風呂敷に包んで、隅に置かれていた。先程見た時と少しも変わっていない。

「いつも、こんなに片付いているのかい？」

「几帳面《きちょうめん》な方ですので」喜平は、それ以上のことは言わなかった。

「そうかい。暮らしているってぇにおいがねえな」

「………」

「邪魔したな」

行こうとして、何かが千吉の心に引っ掛かった。何かが足りない。だが、それが何か分からず、引き返して土間に立った。流しを見た。水瓶《みずがめ》を見た。薄縁《うすべり》を敷いた床を見た。夜具を見た。そして、文机に目が行き、足りないものが分かった。位牌がなくなっていた。

「俺たちが来た後で、帰って来たな？」

「気が付きませんでしたが、そうなんでございますか」

「正直に言わねえと、後で呼び出しを掛けることになるぜ」

「でも、本当に気が付かなかったんでございます。もしかすると裏の方からいらしたのかもしれません」

「もういい」

《喜平長屋》を飛び出した。位牌を持ち去ったとなれば、考えられることは、ふたつ。江戸を売ろうとしているか、覚悟を決めたか、どちらかだ。

「探せ。まだそんなに遠くへは行っちゃいねえはずだ」

駆け出そうとした千吉に、

「何か食ってるってことは、ねえんでしょうか」福次郎が言った。

「てめえとは違うんだよ。意を決して位牌を取りに戻った足で、普通、飯屋に行くか」思わず言ってから、千吉が訊いた。「腹、減ってるのか」

「奉行所の前の腰掛茶屋で、餅《もち》でも食おうかと思っていたんで、朝は……」

「食ってねえのか」

「へい」

「困った奴だな。この稼業《かぎょう》はな、決まった刻限に飯なんぞ食えねえんだ。食える時に食っとかないでどうするんだ」

「以後、気を付けやす」

「しょうがねえ。走りながら稲荷鮨《いなりずし》の屋台でも探せ」

「そういたしやす」

額《ひたい》を平手で叩いている福次郎の袖《そで》を、千吉がぐい、と引っ張った。

「何をなさるんで?」

「隠れろ」

福次郎が慌てて千吉の背後に回った。

「見付けた」

「津田でやすか」

「違う。副島彰二郎の方だ」

十五間(約二十七メートル)程先にある蕎麦屋《そばや》から六人の武家が通りに現われ、腰のものの収まり具合を調べている。

「どいつが、彰二郎って奴なんです?」福次郎が訊いた。

「あの一番若《わけ》えのだ」

首を伸ばそうとする福次郎を抑えながら、千吉は他の五人の顔触れを見た。ふたりは彰二郎が番町の屋敷から使いに出た時に供をしていた侍だったが、残りの三人は初めて見る顔だった。背丈もあり、腕回りも太く、習練を積んだ者たちであることは、一目で分かった。六人がゆっくりと歩き出した。

あいつら、副島丹後が支援している道場の奴らに違《ちげ》えねえ。

だとすれば、奴らの中に杉山小一郎を斬った奴がいるはずだった。千吉は、六人の動きを見据えながら、通りにいる者たちを見た。面《めん》売りと飴《あめ》売りがいた。

「あのふたりを呼んで来い」福次郎に言った。

「お面被《かぶ》って、飴でも嘗《な》めるんですかい」

「黙って、連れて来りゃいいんだ」

福次郎がふたりを伴って来た。

「俺は、小網町の千吉ってえ、十手《じって》をお預かりしている者だ。ちいと頼まれちゃくれねえか」

面売りと飴売りが顔を見合わせてから、いやいやながらに頷いた。

「商売の邪魔をするんだから、無論、それ相応《そうおう》の礼はするぜ」

ふたりの顔色が見る間に変わり、頬に笑みが刻まれた。

「まず、面売りに頼む。橋本町の自身番に八丁堀の旦那か十手持ちがいるはずだ。千吉、俺のことだ、忘れるなよ。千吉が彰二郎を見付けて後を尾けている。そう伝えてくれればいい。分かったら、もうひとつ。津田は長屋から位牌を持ち出した。今言ったことを繰り返してみてくんな」

「千吉が彰二郎を見付けて後を尾けている。津田は長屋から位牌を持ち出した」

「上出来よ」千吉は懐から一朱金を取り出すと、面売りの掌に置いた。

「こんなに」面売りの頬が弾《はじ》けた。飴売りが面売りの掌を覗き込んでいる。

「頼んだぜ」

「任せておくんなさい」

面売りが、天秤《てんびん》の前と後ろに荷を担いだまま、通りを急ぎ足で橋本町の方へ駆けて行った。

「あの、あたしは？」飴売りが訊いた。

「お前さんは、もう少し後だ。付いて来な」

千吉と福次郎の後ろから、飴売りがいそいそと続いた。

彰二郎らは、弁慶橋から柳原通りに出ると、筋違御門の方へと歩いて行く。

「飴屋、出番だ」

「あたしは昔から物覚えがいいんです。長くても構いません。何と伝えればよろしいんでしょう？」

「見ての通りだ。橋本町の自身番に行って、奴らは柳原通りを西に向かっている。急ぎ、和泉橋の南詰まで来てくれ。そう言ってくれればいい」

「それだけで？」

「それだけだ」

「承知しました」答えながら、飴屋が手を差し出した。

千吉は、面売りと同じく一朱金を握らせ、急いでくれよ、と声を掛けた。飴売りの足の速さは素晴らしいものだった。見る間に後ろ姿が小さくなって行った。

「俺たちも行くぞ」

彰二郎らは、取り分け急ぐ風でもなく歩いている。

けりを付けようとしている、と加曾利の旦那は仰しゃったが、それにしては彰二郎らに張り詰めたもンがねえじゃねえか。加曾利の旦那の深読みだったのか、それとも彰二郎らの余裕なのか。どっちなんでぇ。千吉には分からなかった。

和泉橋の前を横切った。彰二郎らは、渡ろうという素振りもない。まだ真っ直ぐ行くのかよ。

「奴らがどこかで曲がったら、地べたに印を付けるか、誰かひとを立たせておくから、旦那を連れて追い掛けてくれ」

千吉は、和泉橋のたもとに福次郎を残し、更に後を尾けた。

あと僅《わず》かで柳森稲荷というところで、彰二郎らが二手に分かれた。まず彰二郎が供侍二名を連れて稲荷に入って行き、数呼吸置いてから残りの三人が懐に入れていた手を出し、稲荷の中に消えて行った。

まさか、こんな近くだとは。

和泉橋まで引き返そうか、と迷っている千吉の目の隅で、黒いものが動いた。浪人風体《ふうてい》の者が落ち着き払った歩みで鳥居を潜《くぐ》っている。

千吉のいる所からでは、斜め後ろ姿しか見えない。津田仁三郎なのか。

千吉は、取り敢《あ》えず浪人者の後から行くことにした。そのためには、誰か繋《つな》ぎになる者を立たせておかなければならない。

探した。珍しくひと通りが絶えていた。畜生、誰かいねえのかよ。悪態を吐いていると、切石に座っている女が目に留まった。風体からして、どうやら夜鷹のようだった。

「済まねえ。頼まれちゃくれねえか」

「いいよ」返事が軽かった。頼んでも大丈夫なのか、瞬時迷ったが、他に頼めそうな者はいなかった。

「そこの稲荷ンところに立っていてもらいてえんだが」

「立ってりゃいいのかい？」

「追っ付け俺を探してひとが来る。俺は」と千吉は名を名乗り、八丁堀の同心が来たら、千吉は稲荷に入って行きました、と教えてやってくれ。頼みってのはそれだけだ、と言った。

「簡単なことじゃないか。引き受けてやるよ」

「悪いな。少しだが、取っておいてくれ」

千吉は懐から一朱金を取り出して、女に差し出した。迷いも遠慮もなく、女の白い手が伸びた。女は、一朱金に目を落としてから、いいのかい、と訊いた。

「助かるよ。何もしないで十人分もらえるんなら、毎日ここにいようじゃないか」

一朱金は銭にすると二百五十文になる。夜鷹相手の遊び代の十倍以上だった。

「俺の名は教えた。お前さんが何か困った時には、言って来てくれ。今日の礼に力になってやるぜ。名は？」

「袖。いつもは清水山辺りにいるよ」

「分かった。頼んだぜ」

千吉は背帯に差した十手を手に取ると、柳森稲荷に入り、耳を澄ませた。社の右手奥の方から、争うような声が聞こえて来た。

やはり、あの浪人は津田だったらしい。

「辻強盗は気に入らねえが」千吉は十手を握る手に力を込め、「むざむざ旗本の馬鹿息子に殺させて堪《たま》るかよ」と言った。

千吉は、地べたに十手で矢印を書く序《つい》でに、小石を五つ程拾い集め、木立の中へ分け入って行った。

三

探せ。軍兵衛は、留松と新六と佐平に怒鳴った。加曾利も裾《すそ》を乱して、辺りを見回している。

「矢印がありやした」留松が地べたを指さした。

「どっちを指している」軍兵衛が訊いた。

「奥の方でございやす」

「走れ」

留松の後に加曾利と福次郎、新六、佐平が続き、軍兵衛が殿《しんがり》になった。

木立が疎《まば》らになり、侍姿の者の背が見えた。背は五つ。ひとりが地面に転がっていた。

千吉と津田を探した。木の根に凭《もた》れた千吉を庇《かば》うようにして、津田が身構えていた。

津田の顔の右半分が血に染まっている。

「待てい」加曾利が叫んだ。

五人が一斉に振り向いた。

「町方に用はない。帰れ」彰二郎が叫んだ。「これは、旗本家がことだ。何か言いたいことがあったら、目付《めつけ》を同道して参れ」

「ほざけ」軍兵衛が灌木《かんぼく》を搔き分けて進み出た。「俺はな、てめえらが竹河岸でこっぴどく叩きのめされたとこから見てるんだ。逆恨みで襲ったってことも承知の上よ」

大丈夫か、と軍兵衛は彰二郎を睨《にら》み付けながら、津田に訊いた。

「浅傷《あさで》だ。大事ない」

そのような声ではなかった。見た。血が流れ続けている。鬢《びん》の辺りや脇腹を斬られているらしい。千吉を見た。左腕に斬られた傷があったが、深傷《ふかで》ではない。

軍兵衛は留松らに千吉と津田の介抱をするように言うと、倒れたままぴくりとも動かない利根を顎で指した。

「そっちのは、どうなんだ？」

「事切れておる。その者に斬られたのだ」坂井田が答えた。

「供の者を斬られ、このまま捨ておけるか。下がっておれ」彰二郎が言った。

「副島彰二郎。杉山小一郎を手に掛けておきながら、なおも狼藉《ろうぜき》を働くつもりか。いい加減にしろ」

「何ゆえ、私の名を……」彰二郎が呻《うめ》いた。

「では、杉山殿は、この者らに斬られたのですか」津田が、目に流れ込んで来る血を拭《ぬぐ》いながら言った。「まさか、私と間違われて？」

「そうだ。皆、この直参《じきさん》旗本の家名を笠《かさ》に着た男がやらせたことだ」

「おのれ」

立ち上がろうとした津田が、脇腹を押さえてうずくまった。着物が裂け、血がしたたり落ちている。

「こいつは、いけねえや。おい、福」

留松が片袖を毟《むし》り取り、傷口に押し当てているうちに、福次郎が己の腹に巻いてあった晒《さら》しを解き、津田の腹に巻き付けた。

「きつく縛れよ」

「へい」福次郎が掌を真っ赤に染めながら結んでいる間に、留松は手拭を津田の鬢の傷が隠れるように縛り付けた。

「かたじけない」

「お安い御用ですぜ。何しろ旦那には訊きてえことがあるんでね、簡単に死なれては困るんですよ」

「……それは」

津田の表情が心なしか曇った。留松は、津田の問い掛けには答えず、千吉に具合を尋ねた。

「俺は大丈夫だ」

千吉の許に駆け付けた新六と佐平は、既に手当を終え、千吉の前に並び立ち、油断なく構えている。旦那、と千吉が軍兵衛に言った。

「こいつら、六人掛かりで卑怯《ひきょう》な奴らですぜ。恐らく、杉山小一郎様の時も、同じように遣ったに違いありやせんぜ」

「違う」坂井田が叫んだ。「あれは、間違いだ。それに、彰二郎様は、ご存じないことなのだ」

「誰が斬った？」軍兵衛は坂井田を無視して訊いた。

「儂《わし》だ」と篠原九一郎が前に出た。

「お前さんは、初めて見る顔だな。副島丹後が肩入れしている道場があると聞いているが、それか」

「よく調べてあるな。その道場主だ」

「名は？」

「一刀流篠原九一郎」

「そっちのふたりは、弟子ってところらしいな」酒巻と柴山に目を遣った。

「いかにも」酒巻が言った。

「どっちが杉山小一郎を斬ったんだ？」

「儂だ、と言ったであろう」篠原が言った。

「見ていた者がいたことは覚えているな？　あの男を連れて来てもいいんだぜ」

「其奴《そやつ》の見間違いであろう。斬ったのは」

「身共だ」と坂井田が、篠原の言葉を遮って言った。「逃げようとしたので、斬ってしまったのだ」

「嘘《うそ》はいけねえ」

「本当のことだ」

「斬り口が違うんだよ。お前さんの腕では、ああは斬れねえ。かと言って、そこの道場主じゃなかったことは、見ていた奴がいるから分かっている。となると、弟子のどっちかしかいねえ」

「俺だ」と酒巻が言った。「武士としての立ち合いの挙げ句のことだ。行き掛かり上、致し方なかった。たまたま俺が勝ったというだけのことだ。しかも、場所は明屋敷の中だ。町方にとやかく言われる筋合はない」

「中じゃねえ。外なんだよ」

杉山の頭が、土塀の外に出ていたことを教えた。

「そんな、馬鹿な。中で息絶えていたはずだ。さては、動かしたな」

「杉山が、最期の力を振り絞って這《は》ったのよ」

「信じられぬ」酒巻が首を横に振った。

「大したことではない」大声を発したのは彰二郎だった。「万一目付に調べられたとしても、不逞《ふてい》の輩《やから》たる浪人者と、副島家の言い分のどちらが通ると思う。町方がいかに騒ごうとも、恐れることなどないわ」

「お前さん、何か勘違いしているぜ」軍兵衛が言った。「誰が目付に訴えると言った。そんなことはしねえよ」

「ほう、諦《あきら》めがよいのだな」

「そう思いたければ、思っておけばいい。だがな、俺は黙るとは一言も言ってねえぜ。てめえの兄貴も、副島丹後も、御役御免に追い込み、その上でてめえが腹切るようにさせてやる。楽しみに待っているがいいぜ」

「どうしようと言うのだ？」

「教えねえ」

「どんな手があるのだ？」彰二郎が坂井田に訊いた。

「そのような秘策《さく》はないはずです」

「おめえらの頭じゃ、思い付かねえよ」

「斬れ」彰二郎が叫んだ。「ここにいる者どもを、皆斬ってしまえ。さすれば、後腐れがなくなる。そうだ。それがよいわ。斬ってしまえ」

引き攣《つ》ったような笑い声を上げた彰二郎が、突如絶句して腹を押さえた。脇差が深々と刺さっている。津田が立てていた膝《ひざ》を折り、地べたに腰を突いた。脇差は津田が投じたものだった。

ぐう、と彰二郎の咽喉《のど》が鳴り、坂井田の袖を摑《つか》んだ。その手が瘧《おこり》のように震えている。

「何をするか」坂井田が津田に叫んだ。

次の瞬間、篠原が地を蹴り、津田に向かった。篠原に合わせて酒巻と柴山が、軍兵衛と加曾利の前に躍《おど》り出た。

篠原の剣が津田を襲った。それを受けた津田の太刀が、乾いた音を立てて宙に撥《は》ね飛んだ。更に斬り掛かろうとした篠原の額を、石飛礫《つぶて》が打った。千吉が投じたものだった。

「先生」

篠原に一声掛け、柴山が軍兵衛に斬り掛かった。その剣を掻い潜り、軍兵衛の太刀が柴山の腹を薙《な》いだ。寸で躱《かわ》した柴山が、飛び退《の》きざまに小手を狙《ねら》って剣を振り下ろした。軍兵衛の鍔《つば》を掠《かす》めて、剣が流れた。隙《すき》を突いて、軍兵衛が間合を詰める。柴山が急ぎ正眼《せいがん》に構え直そうとした。切っ先に宿った小さな白い光が、縦《たて》に動いている。柴山の切っ先が上がった。

足指をにじり、更に間合を詰めていた軍兵衛の身体《からだ》が、不意に沈んだ。片膝を突いたのだ。

「もらった」柴山の剣が軍兵衛の額に振り下ろされた。

「もらったのは、こっちだ」

軍兵衛の剣が、地を掠めるようにして伸び、柴山の腹を斬り裂いた。噴き出す腸《はらわた》を抱えながら、柴山が前に倒れた。

「軍兵衛、斬っちまったのか」

加曾利が大声を張り上げた。

「仕方ねえだろ。手加減する程、こっちの腕はよくねえんだ」

「俺もだ」

加曾利が、酒巻の剣を持て余している。柴山よりも、腕が上のようだった。

俺に任せろ、と言いたかったが、その余裕はなかった。

篠原が額を押さえながら、津田に剣を振り上げている。

「旦那」千吉が、留松が、叫んだ。それぞれが石を手に持ち、篠原に投げ付けている。

「よくやった。後は俺がやる」

「待ってくれ」津田が言った。

「何だ？」軍兵衛が訊いた。

「私に相手をさせて下さい。杉山殿のためにも、私がやる」

「その身体でか？」

「頼みます」

「……刀を渡してやれ」千吉に言った。

福次郎が津田の刀を拾いに行き、手渡した。

津田は地面に片膝を突くと、剣を斜め後ろ下に下げ、脇構えの姿勢を取った。

「甘いな……」

篠原は上段に構え、じりと間合を詰めた。

一方坂井田は、彰二郎を抱きかかえ、必死で声を絞っていた。

「彰二郎様、しっかりなされませ」

彰二郎の唇《くちびる》は、既に紫色に変わっていた。

「頑張るのです。あなたは、まだお若い。これからの人生の方が長いのです。今このようなところで倒れて、どういたしますか」

「口惜しいぞ。たかが、あのような痩《や》せ浪人に……」

彰二郎の目が虚《うつ》ろになっていくのが分かった。坂井田の目に涙が溢《あふ》れた。

「彰二郎様、ご覧下さい」言うや、篠原が大きく踏み込み、剣を振り下ろした。

躱《かわ》して腹に潜り込むだけの動きを、津田は取れなかった。篠原の剣を己《おの》が一刀で受けた。鋭い音がして、津田の剣が中程で折れた。

篠原の唇の端が吊《つ》り上がり、次いで剣が津田の肩に飛んだ。津田は身体を捩《よじ》るようにして篠原の剣を躱そうとしたが、右肩が残った。肩口から入った剣が、津田の右腕を斬り飛ばした。だが、それと同時に、津田は左手に持った刀を、斜め上に思い切り突き上げていた。折れた剣が篠原の咽喉から入り、頭蓋《ずがい》を突き抜けた。

津田と篠原が、その場に頽《くずお》れた。

「軍兵衛、手伝え」

加曾利が叫んでいる。

軍兵衛は津田と篠原のふたりを視界から振り捨て、加曾利に走り寄った。

「残っているのは、ふたりだけだぞ」加曾利と対峙《たいじ》している酒巻に言葉を投げた。

「そのようだな」

「どうだ。刀を引いてはくれぬか」

「ここで止めろと言うのか」

「そうだ」

「あの小倅《こせがれ》の相手をしていれば、金には困らぬと思っていた。貧乏浪人の倅だからな、俺は……」

「…………」

「篠原先生の許で懸命に修行したのだ。柴山もな。師範代にもなった。その果てがこんなことになるとは、思いも及ばなんだ……」

酒巻は嚙《か》み締めた唇を開き、言葉を継いだ。

「杉山殿と言われたか。斬ったのは、俺だ」

「凄《すご》い斬り口だった。そうだろうと思ったぜ」

「御新造はおられたのか」

「後を追って、自害なされた」

「……そうか。やはり、生きてはおれぬな。俺はどこかで生き方を間違えたようだ」

「気付くのが遅かったな」

「そうだな……」

酒巻が、八双《はっそう》の構えから打ち込んで来た。太刀ゆきに鋭さがなかった。斬られるための打ち込みだった。

　軍兵衛は、擦れ違いざまに酒巻の首筋を斬り裂いた。血飛沫《しぶき》が噴き上がり、酒巻の身体がゆるゆると倒れた。

　軍兵衛は刀身を拭《ぬぐ》い、鞘《さや》に納めると、彰二郎の亡骸《なきがら》を抱いて泣いている坂井田の脇を抜け、津田の許に駆け寄った。留松らが、有り合わせの布で腕の付け根を縛り、血を止めようとしている。

「死ぬな。気をしっかり持て」軍兵衛が津田の耳許で叫んだ。

「これでよいのです」津田が苦しげに言った。「このまま生きていたら、何をしでかすようになるか、私自身見当が付かぬ……」

「津田さん」

「私は……」

「知っている」

「いつから……？」

「今朝だ。お前さんが金の大黒様を持っているると分かったのでな」

「……あれは、何なのです？　私が何ゆえ持っていたのか……」

「お前さん、辻強盗をして、相手の紙入れの中身を袂《たもと》に空けただろ。あの紙入れの中に入っていたんだ。襲った相手は《大黒屋》っていうお店の主で、大黒様はお店の守り神として肌身離さず持っていたものだから、これだけは取り返してほしい、とお届けがあってな」

「すると……大黒に目を留めた、あの若い侍は」

「俺の倅だ」

「やはり……、そうでしたか」津田が、頬を歪《ゆが》めた。笑おうとしたらしい。

「あんたのようなひとが、どうして辻強盗のような真似をしたのだ？」

「もしかすると、あれが本当の私だったのかもしれませぬな」津田は咳《せ》き込み、血の塊《かたまり》を吐き出した。

「大丈夫か……」

軍兵衛は羽織《はおり》を脱ぎ、津田の胸許に広げた。津田の顔から生気が消え掛けている。津田の唇が、震えながら動いた。

「それを気取られぬよう、善人ぶって生きて来た……」

口から迸《ほとばし》り出た血が胸へと流れ、津田の腕が力なく垂れた。事切れたのだった。

軍兵衛は新六に、《大黒屋》に行き、主の吉左衛門を呼んで来るように言い付けた。

「津田の顔を見てもらうんだ」

次いで、佐平に言った。

「福次郎を連れて、文使い屋の欽治のところに走ってくれ。一応、念のためだ。篠原らの顔を見させよう」

新六らが稲荷の脇を抜け、柳原通りの方へと駆けて行く。落葉を踏む足音が、高く響いた。

「生きるってのは……」

難しいもんだな、と言おうとして、軍兵衛は口にするのを止めた。

「何で、ございます？」千吉が訊いた。

「何でもねえ」

軍兵衛は、彰二郎の側に歩み寄った。

剣を調べなければならなかった。三本杉なのだろうか。

彰二郎の剣を手に取った。

四

同五日。八ツ半（午後三時）。

豆松が、橋本町から馬喰町の長屋を伝って浅蜊《あさり》の佃煮《つくだに》を売り歩いていた。

どの店子もしけているのか、売れ行きが悪い。天秤が肩に食い込んで来た。

ちくしょう。豆松は、拍子を付けて路地を抜け、隣の長屋の木戸門を潜ろうとした。

辻の方から、読売の声が聞こえて来た。

「闇鴉の続きだよ」

立ち止まり、豆松は読売の口上に聞き耳を立てた。

「正体を聞いて、驚いちゃいけねえよ。何と、この辺りを流していた古傘買いの麻吉だ」

息が詰まった。

（嘘だろう……）

目が眩《くら》み、耳の奥が熱く疼《うず》いた。唐突《とうとつ》に、麻吉の顔が目の前に浮かんだ。

「闇鴉が笑って捕まった時の台詞《せりふ》がいい。何と言ったか、そいつは買わなきゃ分からないよ」

　町の者たちが争って買っている。

　何でえ、下手《へた》売りやがって。

　豆松は歯を食い縛って歩いた。ずんずんと歩いた。

「ちょいと、佃煮おくれな。寄っとくれ」

　どこかで声がしたが、足を止める気はなかった。

「何だい、二度と買ってやらないよ」

　聞き捨てて、尚も歩いた。

　豆松は辻で立ち止まり、町を見た。ひとびとが行き交《か》っている。髷を見た。着物を見た。足許を見た。

　誰よりも、己の身形が一番みすぼらしかった。

　こんなちんけな商いをして、親父《おやじ》に怒鳴《どな》られて。おれはずっとこのまま生きてくのか。

　いやだ。おれは、いやだ。

　涙が、溢れて来た。誰にも見られないように、弾《はず》みを付けて歩き出した。

亀井町を抜け、小伝馬上町に入った。目の前に、牢屋敷が広がっている。

豆松は同い年くらいの男の子を見付け、呼び止めた。やはりみすぼらしい身形をしていた。

「何だよ」

「やるよ」豆松は天秤を肩から下ろして、相手の手に握らせた。「好きにしな」

「いいのかい？」

「おれはな、闇鴉になって、太く短く生きることに決めたんだ。こんな商い、やってられっかよ」

驚いている相手を置き去りにして、豆松は駆け出した。暖簾《のれん》が、お店が、物売りが、橋が、町が、あっという間に後ろへ飛んで行った。

今に見ていろ。

息が切れて来た。足が鈍った。止まり、肩で息をしながら、これから向かう道筋を見た。遠く、どこまでも続いていた。

息を整え、一歩を踏み出した。

寒々とした辻を越え、正面から見覚えのある若侍が歩いて来た。

浪人が落とした紙っぺらを、拾ってやった奴だ。おれの方が、先に気付いたのに……。

剃り上げた月代も青々としている。鷲津周一郎だった。周一郎はこの日も、牢屋見廻り与力から同心への言伝を伝えに行く途中だった。

豆松は、その場に立ち止まったまま、周一郎を見た。

真っ直ぐ前を見て、しっかりとした歩みを重ねている。

いつか、と豆松は心に誓った。おれが、てめえらをひれ伏させてやる。

走った。懸命に走った。食い縛った歯の間から、熱い息が零《こぼ》れて消えた。

参考文献

『江戸・町づくし稿　上中下別巻』岸井良衞著（青蛙房　二〇〇三、四年）
『大江戸復元図鑑〈庶民編〉』笹間良彦著画（遊子館　二〇〇三年）
『大江戸復元図鑑〈武士編〉』笹間良彦著画（遊子館　二〇〇四年）
『資料・日本歴史図録』笹間良彦編著（柏書房　一九九二年）
『図説・江戸町奉行所事典』笹間良彦著（柏書房　一九九一年）
『考証「江戸町奉行」の世界』稲垣史生著（新人物往来社　一九九七年）
『権力者と江戸のくすり―人参・葡萄酒・御側の御薬―』
岩下哲典著（北樹出版　一九九八年）
『柴田光男の刀剣ハンドブック』柴田光隆編（光芸出版　一九八五年）
『人斬り浅右衛門　斬妄剣』中里融司著（学習研究社　二〇〇三年）

注・本作品は、平成二十一年六月、ハルキ文庫（角川春樹事務所）より刊行された、『寒の辻　北町奉行所捕物控』を著者が加筆・修正したものです。

一〇〇字書評

切り取り線

寒の辻

購買動機（新聞、雑誌名を記入するか、あるいは○をつけてください）	
□（　　　　　　　　　　　　　）の広告を見て	
□（　　　　　　　　　　　　　）の書評を見て	
□ 知人のすすめで	□ タイトルに惹かれて
□ カバーが良かったから	□ 内容が面白そうだから
□ 好きな作家だから	□ 好きな分野の本だから

・最近、最も感銘を受けた作品名をお書き下さい

・あなたのお好きな作家名をお書き下さい

・その他、ご要望がありましたらお書き下さい

住所	〒				
氏名		職業		年齢	
Eメール	※携帯には配信できません	新刊情報等のメール配信を 希望する・しない			

この本の感想を、編集部までお寄せいただけたらありがたく存じます。今後の企画の参考にさせていただきます。Eメールでも結構です。

いただいた「一〇〇字書評」は、新聞・雑誌等に紹介させていただくことがあります。その場合はお礼として特製図書カードを差し上げます。

前ページの原稿用紙に書評をお書きの上、切り取り、左記までお送り下さい。宛先の住所は不要です。

なお、ご記入いただいたお名前、ご住所等は、書評紹介の事前了解、謝礼のお届けのためだけに利用し、そのほかの目的のために利用することはありません。

〒一〇一‐八七〇一
祥伝社文庫編集長　坂口芳和
電話　〇三（三二六五）二〇八〇

祥伝社ホームページの「ブックレビュー」からも、書き込めます。

http://www.shodensha.co.jp/bookreview/

祥伝社文庫

寒《かん》の辻《つじ》　北町《きたまち》奉行所《ぶぎょうしょ》捕物《とりもの》控《ひかえ》

平成 31 年 4 月 20 日　初版第 1 刷発行

著　者　長谷川《はせがわ》　卓《たく》
発行者　辻　浩明
発行所　祥伝社《しょうでんしゃ》
東京都千代田区神田神保町 3-3
〒 101-8701
電話　03（3265）2081（販売部）
電話　03（3265）2080（編集部）
電話　03（3265）3622（業務部）
http://www.shodensha.co.jp/

印刷所　堀内印刷
製本所　積信堂
カバーフォーマットデザイン　中原達治

造本には十分注意しておりますが、万一、落丁・乱丁などの不良品がありましたら、「業務部」あてにお送り下さい。送料小社負担にてお取り替えいたします。ただし、古書店で購入されたものについてはお取り替え出来ません。

Printed in Japan ©2019, Taku Hasegawa　ISBN978-4-396-34517-4 C0193